JN223444

刑事たちのファミリー・シミュレーション

ICHI KOSHIMIZU
越水いち

CHOCOLAT BUNKO

ILLUSTRATION 松尾マアタ

C O N T E N T S

その男を一目見た瞬間から、苦手な人種だと思った。

何が楽しいのか分からない。

水着ではしゃぐにはとっくに肌寒い気温だというのに競ってプールに飛び込む面々を、朝川暁《あさかわあきら》は冷ややかな視線で監視していた。

もっとも、分かる必要はない。

そこにいる多くは、これから検挙《けんきょ》され犯罪者となる。そんな奴らの思考回路など理解したくない。とりわけあの男は御免被《ごめんこうむ》る。一際目立つ盛り上がりを見せる一角の、その中心にいる男にはことさら侮蔑《ぶじょく》を込めた視線を注いだ。パーティーの早い段階から顔を見せていた男だ。背は高く、体つきは骨太で筋肉質、肌は浅黒く男らしい。顎周《あごまわ》りの無精髭《ぶしょうひげ》を不潔に思うよりも野性的だと感じるのは、日本人にしては彫《ほり》の深い顔立ちをしているせいだ。遠目からでも男前な顔立ちをしていると判別できる。

特別に素行《そこう》が悪いわけではない。酒を飲み、場に馴染《なじ》んで少々大げさな手振りでパーティーを盛り上げている。それくらいだ。それでも朝川はその男を一目見た瞬間から、苦手だと感じた。

「羨《うらや》ましいねぇ、ったく」

そう零《こぼ》したのは共に待機している組織犯罪対策第五課の香川《かがわ》だ。朝川は羨ましいだなんて一切思わなかったが、「そうですね」と適当に相槌《あいづち》を打った。思ったままを口にすれば、白《しら》けた眼差しで悪態《あくたい》をつかれると知っているからだ。ただでさえ煩《わずら》わしい人間関係にこれ以上、軋轢《あつれき》を作りたくない。それでも香川からは「よく言うよ」と皮肉《ひにく》交じりの言葉が返ってきた。

あの男とはベクトルが異なるが、朝川自身も女性受けのする容姿をしていた。一八〇を超える身長に、切れ長の目元と細い眉、薄いが山のくっきりとした唇、男らしいと評するよりも中世的な顔立ちは「美形だ」と言われてきた。薄い髭も筋肉のつきにくい細い骨格も太陽を浴びても日焼けしない肌も、朝川にとってはコンプレックスでしかなかった。だがそういった主張は、嫌味にしか取られないと気づいてからは言い返すのをやめた。

ザリ、と雑音の後、突入準備、と短い号令《ごうれい》がかかった。やっとか、と香川が不敵《ふてき》に笑む。暁もホルダーに差している銃《じゅう》に手を添え、静かに呼吸を整えた。

「俺は右の門から行く。お前は左から行け、エセキャリ」

人の顔を見もせず、香川が言う。暁は黙って了承した。

エセキャリア。陰口を叩かれるよりも、面と向かって言われた方が分かりやすい分、まだマシだ。

暁はいわゆるキャリア組と呼ばれる国家公務員試験に合格して警察官になった。香川たちノンキャリア組と呼ばれる者たちとは違い、合格した瞬間から出世が約束されている立場だ。本来であれば、暁もその敷かれたレールを駆け上っていくはずだった。それも他の者より確実に出世を約束されたコースを。けれどそれは一年前までの話だ。

暁の強い後ろ盾《うしろだて》となっていた、警視庁で高い役職についていた父親が未成年との淫行疑惑を週刊誌にすっぱ抜かれて失脚《しっきゃく》したのだ。リーク元は不明だが、出世争いをしていた相手の誰かだろう。疑惑の出来事自体は五年前のことだったが、折《おり》しも未成年への性犯罪とその規制が世間で大きな問題になっている時期だった。当時も今も高い地位にいる現役警察官僚の記事は大きな注目を集めた。

父親は責任を取らされて警察組織を去り、息子の暁も出世コースから外された。そうなれば同じキャリア組からは見下され、ノンキャリア組からは煙《けむ》たがられた。それは暁自身の気さくとはいえない性格のせいもあったが、取り入る為に媚《こ》びへつらうのは嫌だった。

結果、半年前に異動してきた捜査一課でも未だに腫《は》れ物扱《ものあつか》い、こうして他課との合同捜査になっても扱いづらいと嫌がられていた。

《総員突入！》

司令官から合図《あいず》が飛ぶ。真っ先に香川が飛び出し、暁も敷地へと飛び込んでいく。軽快な音楽で浮かれていた会場がパニックに陥《おちい》る。

「警察だ！　全員、その場から動くな！」

言ったところで従う者はいない。全員が悲鳴を上げ、我先《われさき》に逃げ出そうと手にしていた酒やタバコやクスリを投げ出していく。

門から飛び出した者は待機していた捜査官が取り押さえた。香川は右腕に刺青《いれずみ》の入った売人を地面に押し倒していた。暁も目をつけていた男を探す。あの髭面の男だ。

飛びぬけて長身の男だった。人に紛《まぎ》れようにもあの身長は隠しようがない。男がいたテントの周囲に目を凝《こ》らす。

いた。男はプールサイドのゲートではなく建物の方に向かっていた。賢い男だ。そちらは表に比べて人員配置が少ない。

ふいに男が振り返り、明らかに場に不釣《ふつ》り合《あ》いな格好——スーツを着ている暁に気づいた。くるりと背を向け、男が駆け出す。

「待て！」

暁もすぐさま追いかけた。体格差の分、人を掻き分ける必要のない暁の方が有利だった。目の前に男の背中が迫る。飛びつけば捕まえられる、その距離に迫った時だ。

「きゃあっ！」

背後で悲鳴が上がった。切迫した響きに反射的に振り返る。ドリンクバーのテントが倒れつつあった。支柱の真下で逃げ遅れたカップルが立ちすくんでいる。

暁は考える前に飛びついていた。髭面の男にではなく、その男女に。

そのまま背後のプールに三人揃って落ちてしまったものの、間一髪《かんいっぱつ》のところで鉄パイプの直撃からは逃れた。

水中でがぼりと息を吐き、プールの床を蹴って水面に顔を出す。暁に遅れて助けた男と女も水面に顔を出した。こちらは水着姿だ。多少水の冷たさに震えるだけで、溺《おぼ》れることはないだろう。

無事を確かめた暁はすぐさまプールサイドに視線を投げた。

あの男は……っ？

最後に男が立っていた場所を見る。奴はまだそこにいた。スーツのまま水に落ちた暁を見ていた。バチリ、と音がしそうな勢いで男と目が合う。たまらずといった顔つきで男が笑った。

馬鹿にされた！

カッと頭に血がのぼった。暁はすぐさま水から上がったが、男が待っているはずもなく、一瞬視線が逸《そ》れた隙《すき》に見失ってしまう。

失態《しったい》だ。標的を目の前にして取り逃してしまうとは！

「くそ！」

悪態をつき、纏《まと》わりついて重たいジャケットを脱ぎ捨てた暁は、半ば諦めつつも男が逃げたであろう方向へ駆け出した。

料理が散乱《さんらん》する戸口からクラブハウスの中へ入る。パーティーが行なえる広いフロアのある建物だ。見つかりやすい場所へは逃げまい。ならばと、暁は迷わず厨房《ちゅうぼう》に向かった。

そちらは客用の駐車スペースとは別に、業務用の小さな駐車場へも出られたはずだ。

駆け込んだ厨房の床には料理になるはずだった材料が落ち、フライパンの中の食材は焦げて肉だったのか魚だったのかも分からない。その横を長身の男が横切っていく。

奴だ。今まさに、裏口の鍵を開けようと手をかけているところだった。

「止まれ！　止まらないと撃つぞ！」

暁はホルスターから銃を抜いた。もちろんはったりだ。だが銃は本物だ。

自分に言われていると分かったのだろう、男がゆっくりと振り返る。

「扉から手を離して、肩より高く上げろ」

一言一言、言い含めるように暁は男に告げた。

男は暁を見て、拳銃を見て、また暁を見た。まったく恐れている様子はない。どうせ撃てないだろ、と舐められているようで暁は語気《ごき》を荒げた。

「聞こえないのか、早くしろ！」

男は肩を揺らす大きなため息をつき、両手を肩の高さに上げた。こんな状況だというのに、その口元は余裕気な笑みを浮かべていた。どこまでもふてぶてしい。

「これでいいのか、刑事さん」

まるで子供の我儘《わがまま》を仕方なく聞いてやるような口調だった。遠目で見ていた時から気に食わなかったが、直接向き合って言葉を交わしたら、さらに人の神経を逆撫《さかな》でする男だ。

距離を詰《つ》め、暁は男の手首を取ると一気に捻《ひね》り上げて背後で両手を拘束《こうそく》した。

「いってて、刑事さん、乱暴だな。もうちっと優しくしてくれや」

「うるさい、黙れ」

扉にぶ厚いガタイを押しつけ、手錠《てじょう》をかける。捕まったというのに男は焦《あせ》る様子もない。

「朝川ぁ！　どこにいる！」

無線が通じなくなったせいだろう。外から野太い声に呼ばれ、暁は負けじと声を張り上げて「ここです！」と答えた。男の腕を取り、表へと連行していく。

「刑事さん、朝川ってのか。下の名前は？」

「なんで貴様に教える必要がある」

「知りてぇから？」

「話にならん」

男は腕を引かれるまま抵抗なくついてきたが、しつこいナンパに付きまとわれているような気がしてくる。

「朝川、何してる！」

「すみません、プールに落ちて無線が壊れました」

叫んでいた声の主は香川だった。

「なんかあったら組まされた俺まで責任取らされんだろうが」

「……………すみません」

「そいつ、とっとと連れてけ。あと無線の始末書は自分で書けよ」

言いたい事だけ言い捨てて、香川は同じ五課の刑事が集まる輪の中に入っていった。

「感じわりぃおっさんだな」

「いいから来い」

香川の態度に捕らえた男が顔をしかめる。犯罪者の同情などごめんだ。

「こいつも頼む」

暁は空きのあるパトカーを探し、待機していた制服警官に声をかけた。

その時だ。

尻をがしっと強く掴まれた。しかもそれだけでは飽き足らず、ぐにぐにと遠慮なく揉みしだかれる。

「……っ！」

不埒《ふらち》な手の持ち主は手錠で拘束し、今まさに引き渡そうとしていた男だった。わざわざ背を向けてまで暁の尻を揉んでいた。

「いやぁ、濡れて張りついてっからすっげぇ色っぽくて、ついな」

手を叩き落とし、男の肩を掴んで振り向かせる。いいケツしてんな、と暁の尻を揉んだ手がわきわきと開閉された。

「公務執行妨害《こうむしっこうぼうがい》も付け加えられたいらしいな」

「はは、尻を揉まれました、って調書《ちょうしょ》に書くのか？」

男はにやにやと笑い、わざわざ身を屈《かが》めて小声で聞いてきた。

「……っ、さっさと乗れ！」

「次会う時は仲良くしてくれや、刑事さん」

ウィンクなのか目配せなのか判然《はんぜん》としないまばたきを送ってよこした男に、暁は心底蔑《さげす》みの一瞥《いちべつ》をくれてやり無言でドアを閉めた。

もちろん、二度と会う気はない。

＊

結局、庁舎に戻ってから着替えて始末書を書き、残務処理も手伝った暁が自宅に戻れたのは明け方のことだった。課長の芽村《めむら》から出勤は昼過ぎでいいと言われていたので、三時間の仮眠を取ってから出勤した。警視庁に着いたのは十二時を過ぎ、みんなが昼休みを取っている頃になった。

　捜査一課に割り当てられている部屋に入った暁は、すぐに違和感に気づいた。雰囲気が明るいのだ。むろん凶悪事件を扱っているからといって、課の空気が殺伐《さつばつ》としているわけではない。それでも人の命が関わる事件を取り扱っているのだから、端々に緊張感が感じられるのが常だ。それが今日はまったくと言っていいほどない。

（誰だ？）

　窓際の奥の一角、暁が足を向けようとしていた場所に人だかりが出来ていた。ここに来てから空席だった暁の隣の椅子《いす》に座っている人物がこの和《なご》やかな雰囲気を生み出している。

　暁は何も聞かされていない。だが状況から察するに、ようやく欠員の補充が来たのだろう。情報が伝わってこないのはよくあることだから、深くは気にしなかった。それよりもどんな男だろうと——見え隠れする靴の大きさとスラックスから男だと知れた——そちらが気になった。

　普段は気難《きむずか》しく口をひん曲げている丸岡《まるおか》まで目尻の皺《しわ》を深くして笑っている。年配《ねんぱい》の捜査官が笑っている顔を、暁は初めて目にした。

「変わっとらんなぁ、夜崎《やざき》！」

　バシバシと男の背中を叩き、嬉しそうだ。

「おやっさんは腹でっかくなってんじゃねぇの？　そのハゲ頭じゃなかったら妊婦と間違

えちまいそうだ」

　聞こえてきた発言に、暁はぎょっとした。薄い頭部を丸岡が特に気にしていると知っているからだ。ところが丸岡は怒りだすどころか大口をあげて笑い、周りもどっと笑う。

「言うじゃねぇか、この野郎《やろう》。あの夜、お前に仕込まれたガキだ、ちゃんと認知しろよ、おい！」

「あの夜……おやっさんがへべれけに酔《よ》っ払《ぱら》っておでんの玉子、一人で全部食っちまった夜か」

「ははぁ、あったねー。あの直後の健康診断に引っかかっちまって、カミさんに相当あきれられたわなぁ」

　二人の会話に、他の捜査官たちも自然と加わっていく。

「丸岡さん、おでんが好きなんですか？　今度、俺も連れてってくださいよ」

「……仕方ねぇな、一杯奢《おご》れよ」

「いやあ、わるいなぁ」

「お前は誘ってねぇぞ、馬鹿野郎《ばか》」

「んなつれないこと言わんでくださいよ」

　辛辣《しんらつ》な物言いにもめげない男の声に暁は眉を顰めた。そのハリのある低い声に聞き覚えがある気がしたのだ。

「向井《むかい》君、丸岡さんが玉子食べ過ぎないようにちゃんと見張らないと駄目《だめ》よ。また奥さんにあきれられちゃう」

「あいつ、最近、すーぐ文句《もんく》言うんだよ。この前なんてナイター見ながらたくわん食ってたら、塩分の取り過ぎだとか言ってこんにゃくの刺身《さしみ》と差し替えられてよ」

「えー、いい奥さんじゃないですか」

「せめて歯ごたえ揃《そろ》えろってんだ。あんな骨のねぇ頭でっかちの若造《わかぞう》みたいなもん！」

丸岡の発言が何を指しているか、分からない者はいない。彼は大のキャリア嫌いだ。

返答に困り苦笑を漏らした向井が、暁に気づいて「あっ」と気まずげに視線をさまよわせる。途端《とたん》に朗《ほが》らかな空気が霧散《むさん》した。丸岡の顔からも笑顔が消え、仏頂面《ぶっちょうづら》に戻る。

腫れ物扱い。いつものことだ。

手にしていた鞄《かばん》を強く掴んで、暁は無表情を貫いた。おべっかを使うつもりもすり寄るつもりもない。

「お、やぁっと相棒殿のお出ましか」

その中で、一人だけ飄々《ひょうひょう》と変わらない声音《こわね》で立ち上がった男が話しかけてきた。他の捜査官より頭ひとつ飛び抜けて背が高い男の顔が露《あら》わになる。

「……――っ、き、さま」

どうしてこの男がここにいる。

「いよぉ、昨日はどうもな」

へたくそなウィンクを寄越してきた男は、昨日、暁が手錠をかけた、あのセクハラ男だった。

顔の横まで上げられた大きな手がにぎにぎと指を開閉する。傍目《はため》には手を振っているように見えるそれが、違う意味だと暁だけが気づく。

「なんで、貴様がここにっ」

遠慮なく尻を揉まれた屈辱《くつじょく》が暁を激昂《げっこう》させた。ニヤニヤと笑ったまま見つめる男の胸を突き飛ばす。だが体格のいい男は、ひょいっと片眉を上げただけでよろけもしない。それがまた憎らしさを増幅《ぞうふく》させた。

「なんだ。朝川、夜崎、お前らもう顔見知りなのか」

再びの恫喝《どうかつ》を止めたのは、のんびりとした芽村の声だ。

「課長、こいつを……――」

ご存じなんですか、と聞き終える前に男が肩をすくめる。

「こいつにぶち込まれたんすよ、芽村さん」

「なるほどな」

芽村がからりと笑う。男は芽村も知っており、芽村も男を知っていた。たぶん、この部屋にいる誰もがこの男の正体を知っている。自分だけが知らない。

「二人とも、こっちに来い」

暁のピリピリとした表情に芽村が苦笑する。

「朝川。昨日、手錠かけた奴が目の前にいて驚いたか」

「いえ。……まあ、はい」

その通りだと認めると、芽村が男にあきれた視線を向けた。

「夜崎、お前、言わなかったのか？」

「いやぁ、言いましたって、次会う時は仲良くしてくれって。な？」

昨夜の会話が蘇《よみがえ》る。あの状況で、誰が同僚だなんて思うというのか。

「まったく、お前は相変わらずだな。朝川、こいつは夜崎勇吾《ゆうご》。今日からお前と組んでもらう。一ヶ月前に神奈川県警から異動してきてたんだが、潜入捜査をしてた関係で紹介が遅くなった」

そんなことだろうと薄々、暁にも事情は読めていた。だが男の正体と印象は別の話だ。昨夜の会話からするに、夜崎は暁が相棒になる相手だと気づいていたようだ。それなのにあのセクハラ行為とからかいの言葉。相手に敬意を払えない男は、軽蔑《けいべつ》の対象だ。

顔つきを険《けわ》しくした暁に気づかない芽村でもなかろうに、「そういうわけだ、仲良くな」とまとめられてしまう。軽い返事で答える夜崎の隣で、暁は分かりましたとは言えなかった。仲良くなんてしたくもないのに、口先だけだろうとそんなことを言いたくない。

「で、さっそくだが――」

「課長」

ファイルを引き寄せた芽村が、最近かけるようになった眼鏡のフレームの上からぎろりと暁を見上げた。

相棒を替えてほしい、と訴える言葉が眼力に気圧《けお》されて喉に押し戻される。

「これは決定事項だ、朝川。何か文句でもあるのか」

芽村はキャリア組ではない。一課の歴代課長がそうであるように、彼もノンキャリア組で現場叩き上げの男だった。かつて犯罪者に恐れられていた男は、ただ座っているだけでも十分に迫力がある。一瞬でも気圧された時点で暁の負けだ。

「…………ありません」

決定事項と言われてしまえば、部下である暁にそれ以上の反論は許されていない。

「じゃあ早速だが、二人でネイリスト殺人の捜査にあたってくれ。犯人らしき人物の目撃情報が入ってる。それと夜崎、ネクタイはして行けよ。お前はノーネクタイだと堅気《かたぎ》に見えん」

「うへぇ、息苦しいから嫌なんだよなぁ」

がりがりと頭を掻いた夜崎が席に放り出した鞄を漁《あさ》る。なかなかネクタイを見つけられない夜崎にイライラしていると芽村に小声で呼ばれた。

「夜崎はああいう奴だが、刑事としちゃ優秀だ。お前も学ぶところが多いだろう。それと、まあ、しっかりした目付け役をつけとかないと上が何かとうるさくてな。……頼んだぞ」

耳打ちした芽村が顔の前で拝《おが》むように片手をあげる。

なるほど、そういうことか。お目付け役と言えば聞こえはいいが、要は問題児のお守りを押しつけられたのだ。とはいえ煙たがられるよりもマシだ。

それに芽村は実力主義の男だ。そんな上長《じょうちょう》から頼む、と直接言われるのは素直に嬉しい。

「分かりました」

結局、夜崎は自分のネクタイを発掘《はっくつ》できず、見かねた向井が自分のストックを貸してやっていた。

「夜崎さん、行きますよ」

常であれば先客のいるエレベーターは、珍《めずら》しく他に乗り合わせる者はいなかった。だというのになぜか夜崎は暁の真横に立っていた。体温が伝わってきそうな近さはハッキリ言って落ち着かない。

「夜崎さん、近いんで離れてください」

遠慮なく言ってやる。だが夜崎は離れるどころか、太い腕を肩に回してきた。抱き込まれるように夜崎と身体が密着する。

「その『夜崎さん』って堅苦しい呼び方やめてくれや。あと敬語もな。どうにもケツがムズムズする」

その瞬間、暁はどうして夜崎を、初めて見た時からいけ好かなく感じたのか理解した。

この男の、距離感だ。無遠慮なほど気負いなく、パーソナルスペースに踏み込んでくる。しかもそれを相手に不快と思わせない懐《なつ》っこさが夜崎にはあった。それが暁には気に食わない。

「夜崎さん、馴れ馴れしく肩を抱かないでください」

「いてっ」

「あなたがどういう考えかは知りませんが、俺に慣れ合う気はないですから」

エレベーターが一階に到着する。夜崎を押しのけて暁はさっさと降りた。

「つれない相棒だなぁ」

苦笑するだけで夜崎にめげた様子はない。それどころかむしろ楽しそうだ。

「相棒ではありません。課長に言われたから一緒に動くだけです。それ以上でもそれ以下でもない」

きっちりと訂正《ていせい》し、車の前で足を止めた。スーツのポケットから鍵を取り出そうとして、空っぽなことに眉を顰める。おかしいな、と反対のポケットも探って、首を傾《かし》げる。席を立つ時、間違いなくスーツのポケットに鍵を入れたはずなのだが……。

「お前はそっちな」

ふいに肩を掴まれて、夜崎に助手席へ押しやられた。その手には、暁が持っていたはずのキーが握られていた。

「いつの間にっ」

「手先《てさき》は器用なんだ」

言いながら、左目も細めるへたくそな右目のウィンクを寄越《よこ》される。

（あの時か！）

肩を抱かれた時、あの時にすられたのだ。なんて手癖《てくせ》の悪さだ。

「そういう気遣いはやめてください」

「……あ？」

通常、運転は後輩の役目だ——キャリアを例外として。だが特別扱いはされたくなかった。暁のそれはもはや肩書きに過ぎない。

睨《にら》みつける暁の眼光《がんこう》に怯《ひる》むでもなく、夜崎は苦笑した。

「そういうんじゃねぇって。お前、家に帰ったの明け方だろ？」

「……だからなんだっていうんです」

「ってことは良くて四時間、悪けりゃ二時間仮眠出来たくれぇだ。睡眠不足の奴がハンドル握ったらあぶないだろうが」

違うか？　と聞かれて暁は黙った。夜崎の指摘は正しい。

「分かったら、んなピリピリ神経尖《しんけいとが》らすな。大人しく助手席座っとけ」

渋々《しぶしぶ》と助手席に身を滑《すべ》り込ませる。少し感情的になり過ぎていたかもしれない、小さな反省が暁の胸に生まれた。

シートベルトを締め、背もたれに身体を預けた、瞬間。

「……………ッ」

むんず、と、いきなり股間《こかん》が握られた。あまりの事に声も出ない。

「おっ、わり」

運転席からあっけらかんと夜崎が謝る。好色《こうしょく》な笑みを浮かべて、ぶ厚い手が暁の股間からシフトレバーに移動する。

「目測誤《もくそくあやま》ったわ」

（そんなわけあるか！）

なんて……っ、なんて奴だ。拳《こぶし》が震えた。顔もきっと怒りで真っ赤になっている。眼力で人が殺せるなら今頃この男は八《や》つ裂《ざ》きだ。車が走り出してさえいなければ、躊躇《ちゅうちょ》なく殴《なぐ》っていた。そんなところまで計算づくな男が、なおのこと腹立たしい。

「地獄《じごく》に落ちろっ！」

「地獄に落ちんだったら、天国見てからにしてぇなぁ」

反省の色なんて微塵《みじん》も見せず、夜崎はからからと笑った。

どんなに同僚が気に食わなかろうと、仕事は仕事だ。すべきことは果たさねばならない。寄せられた目撃情報は殺されたネイリストが働くサロンの雑居ビルに、ピザの配達に来た青年からだった。だが得られたのはすでに入手している情報だけだった。それでも「大変参考になりました」と丁寧に礼を述べてピザ屋を出る。

「仕方ないですね、帰って報告を…——って、どこに行くんですか！」

車を停めた駐車場を目の前に、夜崎が反対方向へと歩き出す。

「ちょっとな。あきちゃんは車で待っててていいぜ」

「あきちゃんって……、人を馬鹿にした呼び方はやめろ！　どこに行くんですか！」

暁の言葉を右から左に聞き流し、ひらひらと手を振るだけで夜崎は止まらない。芽村が目付け役を頼んだ理由を早速理解した。

どこに行くんだ、と再三《さいさんと》問い質《ただ》しても「まあまあ」と取り合わなかった夜崎が、鼻歌《はなうた》まじりに一軒の風俗店《ふうぞくてん》に入っていく。看板《かんばん》にはふくよかな女性たちの写真と『熟女《じゅくじょ》ソープ熟《う》れたて』の店名が書かれていた。

準備中の札がかかった扉を夜崎は平然と開ける。時間外でも人はいるのか、扉は抵抗なく開いた。来客を告げる安っぽいセンサー音が鳴る。

「うっそぉ、勇ちゃん？」

「よ、久しぶり」

奥から出てきたソープ嬢たち――と言っていいのか迷う妙齢《みょうれい》の女性二人だ――が夜崎の顔を見るなりぱっと笑顔になった。

まさかこの男のいきつけか、と睨む暁を気にせず、夜崎は駆け寄ってきたベビードール姿の女性たちと抱き合った。

「もういつ戻ったのよー！」

「全然来てくれないから他で浮気しているのかと思ってたわよぉ」

「わりぃな、今日戻ったばっかなんだ。一番に顔見に来ないとと思ってな」

「んもぅ、可愛いこと言ってくれちゃって！」

「で、そっちのイケメン君は？　紹介してくれないの？」

一通りの挨拶《あいさつ》を交わした後、矛先《ほこさき》が暁へと向けられる。自分から名乗るべきなのか一瞬躊躇《とまど》う。その隙に「ああ、こいつは相棒のあきちゃんだ」と夜崎に紹介されてしまった。

「朝川暁です」

名前だけはきっちりと訂正した。

「お仕事ってことはネイリストの子が殺された件かしら？」

立ち話もなんだから、と通された待合室は営業時間外だからか蛍光灯《けいこうとう》で明るく、風俗店というよりも病院のようだった。一人が「ちょっと待っててね」と部屋を出ていく。その間に残ったもう一人が、「あの子、ここらでは評判良かったのに、かわいそう」と亡くなったネイリストについて夜崎に教えていた。

「被害者をご存じなんですか？」

暁は傍観《ぼうかん》するつもりでいたが、つい言葉を挟んでしまった。

「直接ではないけど知ってるわよー」

「長くいりゃ、それだけ界隈《かいわい》に耳聡《みみざと》くなるってもんだ」

「もうやだわぁ、耳年増《みみどしま》みたいに言わないでくれるかしらー」

「おー、わりぃわりぃ」

年増も何も……、の台詞《せりふ》はきちんと飲み込んだ。そうしているうちに席を外していた女性が戻ってきた。「お待たせ」となにやら小さなメモを夜崎に手渡す。

「ありがとな」

ごく自然に二人の頬にキスを贈り、二人もぶちゅっと音をさせて夜崎の頬にキスマークを残した。そうしてちら、と暁に視線をくれる。

「ご協力に感謝します」

同じ行為を求められる前に、暁は堅苦しく謝辞《しゃじ》を述べた。なぜか三人がぼそぼそと密談《みつだん》を始めた。「しゃあねぇな」と頷く夜崎に不穏《ふおん》なものを感じる。そしてそれは的中《てきちゅう》した。立ち上がった夜崎に続こうとした暁を、女性たちが腕を絡めて阻止してきた。

「あの……？」

夜崎は構わず部屋を出て行こうとする。目で追う暁ににやりと笑いかけた。

「せっかくだ、お姉様方に手取り足取り優しく筆《ふで》おろししてもらえや」

「は？」

「あら、チェリーボーイなの？　やっだぁ、じゃあオマケしてあげる！」

「誰が童貞《どうてい》だっ。ちょっと離してくださいっ。待ってください、夜崎さん。やざっ、おい待て夜崎！」

思わずタメ口で叫《さけ》ぶ。

「んもう可愛いー、性感マッサージもサービスしちゃう、ぜったい嵌《はま》っちゃうわよぉ」

百戦錬磨の熟女は押してても引いてもびくともしない。その間にベルトを抜かれ、スラックスのジッパーが下ろされる。暁の顔面が引きつった。

やばい。食われる。

「やっ、やめろ！　ファスナーをおろすな！　離せっ！　夜崎、戻ってこい！　夜崎…！やざきーっ！」

「芽村さんには、あきちゃんが身体張って情報掴んで来たって報告しといてやっから」

肩越しに振り返った夜崎は、ひらりと手を振って出て行った。

＊

認めたくはないが、芽村の言うとおり夜崎は優秀な捜査官だった。コンビを組んだ初日、とんでもない目にあったが——どうにか未遂《みすい》で逃げ出した——夜崎のもたらした情報は犯人逮捕の大きな決め手となった。情報通だし、野生の勘《かん》なのか培《つちか》った経験のなせる技なのか不審な点にもよく気づく。それに人の心を掴むのがとにかく上手くて、警戒心が強い相手からも情報を引き出すことに長《た》けていた。だがそれ以外は一切《いっさい》褒《ほ》められたところがない。

「こ、これは……」

暁は扉を開けて愕然《がくぜん》とした。緊急事態だ、今から言う住所にすぐ来てくれ、と切羽詰《せっぱつ》まった声で夜崎から電話が入ったのは深夜の二時を回った時刻だった。夜崎に対しての印象は日々、最低記録を更新中だが、見捨てるわけにもいかない。暁は言われた住所に急行した。

そして、来てみれば――……。

「いよぉ、やぁっときたぁ。あきちゅわぁん」

ぐでんぐでんに酔っ払った夜崎がそこにいた。

「これは……、どういうことだ」

歯を軋《きし》らせながら低く吐き出す。

夜崎は「おっかねぇなぁ」とげらげらと馬鹿みたいに笑い、代わりに隣に座っていた女装の角刈《かくが》り男が、「よかった」と暁を手招いた。

「あなたが勇ちゃんのお迎えね。べろべろに酔っ払っちゃって自力じゃ帰れそうにないし、タクシー代なんてお財布に入ってるわけないし、どうしようって困ってたのよ」

「いや、俺は」

「今日は冷え込んでるから外に放り出すわけにもいかないじゃない？　うちは連れ帰ったらダーリンが嫉妬《しっと》しちゃうし……本当に来てくれて助かったわ」

「だから、違」

「ほら勇ちゃん、ハニーがお迎えに来てくれたわよ、起きて」

「んぁ、俺のあきちゃんが？」

いつの間にかカウンターに突っ伏して寝ていた夜崎ががばりと起き上がる。

「そうそう、勇ちゃんのあきちゃん。ほら、立って」

否定する間もなく、体格のいい夜崎を椅子から立たせた男が暁に役割を受け渡す。

「うっ……」

(重い!)

力の抜けた人間はやっかいだ。しかも夜崎は身長に見合った太い身体をしている。二、三歩よろけてどうにか支えた。

「お勘定《かんじょう》はもう済んでるから、そのままお持ち帰りしちゃってちょうだい」

「……ご迷惑をおかけしました」

釈然としない部分ばかりだが、暁は同僚として夜崎の迷惑を詫《わ》びた。

「ぜんっぜん! 久しぶりに飲めて楽しかったわって伝えておいて。大事なダーリンを遅くまで引き止めちゃってごめんなさいね」

「いや、ですから俺は」

「勇ちゃんのアソコってすごいけど、さすがに今日は勃《た》たないと思うからそのまま寝かせてやってね」

こそりと耳打ちされた内容に、本気で夜崎の恋人だと思われていると理解し、暁は顔を真っ赤にして否定した。

「違う! こいつは迷惑な同僚だ! そんな関係じゃない!」

「あら、照れちゃって。勇ちゃんの言うとおりね、可愛いんだから」

「だっろぉ？」

すっかり泥酔《でいすい》して意識を無くしたと思っていた夜崎が、にんまりと半月の形に目をしならせて答えた。肩に回して支えていた腕が思わぬ力で暁を抱きしめる。そのまま無精髭の生えた頬をべっとりとくっつけて頬擦りされた。

「やめっ、夜崎、ふざけるな痛い！　やめろ、馬鹿野郎！」

人の顔を擦《す》り下ろす勢いでぞりぞりと擦《こす》られる。顔を引っぺがそうとしたが、びくともしない。

女装の男が野太くうふふと笑う。

「んもぉ、ラブラブなんだから。あんまり見せつけられると妬《や》けちゃうじゃない、ほらほら早く帰りなさいな」

「ママァ、またなぁ」

夜崎ごと、ママと呼ばれた女装の男に店外へと追い立てられる。結局、酷い誤解は解けぬままだった。

表に停めた車に夜崎を押し込む間、暁は呪詛《じゅそ》のように「最悪だ」と言い続けた。頬擦りされた顔の左半分がヒリヒリと痛い。バックミラーに映してみると赤くなっていた。

「夜崎、起きろ！　貴様の住所を言え、でなければ留置所《りゅうちじょ》に捨てていくぞ！」

助手席で寝入る男を乱暴に揺さぶる。嫌味ったらしく使っていた敬語は三日で消え失せていた。

呻《うめ》いた夜崎がもったりと目蓋《まぶた》を持ち上げる。潤《うる》んだ目は煌《きら》びやかなネオンのライトに照らされて、やけに甘い色を乗せていた。

「あきちゃんちでいいぜ」

低く囁《ささや》いて暁の赤くひりつく頬を、指の背が優しく撫でる。目蓋を伏せた夜崎の顔が近づいてくる。

「誰が貴様なんぞ家にあげるか」

殴ってやりたいのを堪《こら》え、暁は顔を鷲掴《わしづか》んで押しのけた。

「住所を吐くか、冷たい留置所の床で寝るか、いますぐ選べ」

「照れ屋だなぁ」

「檻《おり》の中か、そうか」

「あぁ、ここだ、ここ」

これ見よがしな笑顔を張りつけた暁に、夜崎がくしゃくしゃの紙をポケットから出して寄こした。

ゴミだったら本気でぶち込んでやるつもりだったのに、残念ながらマンションらしき建物名と住所が書かれていた。

これっきりだと固く心に誓い、暁は車を発進させた。

＊

だが現実はそう甘くなかった。むしろ世知辛《せちがら》い。知っていたはずなのに、まざまざと思い知らされている。不本意ながら夜崎とコンビを組むようになって三週間。暁の誓《ちか》いは、再三の呼び出しによって脆《もろ》くも崩《くず》れ去っていた。

あまりにも遅刻が常態化していて、暁が連行するのが定着しつつある。今日も寝坊した夜崎を叩き起こしてこいと芽村に命じられ、暁は出勤早々迎えに来る羽目《はめ》になっていた。

「つんけんしてんのも可愛いけどよ、あきちゃんは笑ってた方が可愛いぜ」

猫なで声と一緒にさわりと太腿が撫で上げられる。

「貴様に可愛いなんて思われるなら、四六時中怒り狂ってた方がマシだ」

ピシャリ、と不埒な手を叩き落とした。せめてこのセクハラが無くなればと思うのだが、

「いいキレ味だな、今日も」とまったく堪えた様子はない。

ぎろり、と睨みつけると、引き際だけは誤らない男は肩をすくめ、それ以上はちょっかいをかけてくるのをやめた。

夜崎を迎えに行った足で、そのまま指示を受けて強盗傷害の容疑者として浮上《ふじょう》した男——媛村《ひめむら》の自宅アパート前に車を停める。

「帰ってこねぇな」

まだ黙ってから五分も経っていないのに、夜崎がぼそりと零す。

「隣人の話ではいつも昼前に帰宅しているらしいから、そろそろだろう」

時計で時刻を確認しながら暁は内心、しまったなと舌打《したう》ちした。下腹に感じる圧迫感が強くなっていた。考えまいとするほど意識してしまう。もぞり、と膝《ひざ》を擦り合わせる。

「なんだ、ションベンか?」

些細《ささい》な身じろぎだったのに、すかさず夜崎から指摘が入った。

「ヤバそうならそこで便所《べんじょ》借りてこい。まだ時間あんだろ」

夜崎が肩越しに背後を指差す。国道とぶつかる角にはコンビニがあった。

「ションベンなんて生理現象だろうが。それとも、別の方法で水分飛ばしたいのか?」

踏ん切りのつかない暁を夜崎がからかう。

「貴様の頭の中はそれしかないのか」

「腹減ったと眠いもある」

指を折って上げられたふたつは人間の三大欲求だ。

「猿《さる》か貴様は。…………ちゃんと見張っておけよ」

逡巡し、暁は見栄よりも実益《じつえき》を選んで車を降りた。

立地的に大型車も多く立ち寄るからだろう、駐車場スペースが広い。駐車場を横切ると自動ドアが開き、買い物を終えた客が出てくるところだったが、暁の意識はレジの店員に向かっていた。そのせいですれ違う距離感を測《はか》り損《そこ》ねた。相手と肩が強くぶつかってしまう。

「いってーな！」

「すみませ」

柄《がら》の悪い口調で相手が毒《どく》づく。とっさに口をついて出た謝罪が途切れた。

ぶつかった相手は、媛村だった。まさかの事態に男の顔を凝視《ぎょうし》する。

「……っ、待て！」

一瞬で暁の正体に気づいた媛村が猛《もう》ダッシュで走り出す。暁はすぐに追いかけた。自宅方向に逃げてくれれば、夜崎が気づいて加勢《かせい》してくれたかもしれない。しかし媛村は自宅へは向かわず、駅前の商店街に逃走した。アーケード通りには人出があり、視界も行く手も阻《はば》まれる。土地勘《とちかん》がある分、さらに奴に有利だった。息を切らして駅前まで駆け抜けた暁が周囲を見回した時には、もうどこにも媛村の姿を見つけることができなかった。

「くそっ……！」

大失態に、ぐしゃりと髪を掻き乱して地面を蹴った。

本庁に戻った暁は芽村にどやしつけられた。だがそれよりも辛《つら》いのは被害にあった老夫婦が怯《おび》える日々を過ごさねばならないことだった。

「……謝罪に行ってくる」

「おい、待てって。んなことしてどうなるんだ」

「失態を隠したくない。一緒に来いとは言わん。離せ」

「お前なぁ」

大きなため息をついた夜崎に、いいから座れと半ば無理矢理《むりやり》座らされる。むっとして睨み上げると、いつになく真面目《まじめ》な顔で腕組みしている夜崎がいた。

「捕まってねぇのなんて被害者も知ってる。お年寄りだ、あきちゃんの言うとおり、不安も抱えてるだろうよ。で、そこに自分がミスして取り逃しました、なんて言いに行ってどうすんだ。どうにもなんねぇだろうが。不安煽《あお》るだけだろ」

「しかし……」

「お前の真っ直ぐなところを悪く言う気はねぇよ。だから、おんなじ頭下げんだったらもうちっと有意義《ゆういぎ》な方法にしようぜ」

「有意義？」

「そうだ」

眉を顰めた暁に、夜崎がにっと口端を持ち上げて笑った。

夜崎が向かったのは、被害者夫婦が住む地域の警察署と最寄りの交番だった。そこで暁と夜崎は、被害者宅周辺の巡回パトロールを強化してほしいと頭を下げて頼み込んだ。どちらもそういうことならと快《こころよ》く請け負ってくれた。

「付き合わせてすまなかった。それと……ありがとう」

日が落ちて表情が見えにくいのはありがたかった。照れくささに染まる頬に気づかれずにすむ。

「別に、気にすんな」

ハンドルを握ったまま夜崎が肩をすくめる。車が減速する。信号が赤に変わっていた。借りを作った状態はなんとなく落ち着かない。メシでも奢るべきだろうか。

赤い光を見ながら考えていたら、隣から伸びてきた大きな手がうなじに回って強引に引き寄せられた。

「や、夜崎っ⁉」

額同士がぶつかりそうになるのを、硬い太腿と筋肉の付いた二の腕に捕まって防ぐ。

「礼ならキスでいいぜ、あきちゃん」

冗談とも本気ともつかない提案が間近で囁かれる。あきれるほどいつも通りの夜崎に、暁もいつも通り「口を縫《ぬ》われたいのか」と悪態で返して引っ叩いた。

＊

トイレから戻った暁はさっきまでいたはずの男がいないデスクに、ぴくぴくと眉尻を痙攣《けいれん》させた。デスクの上には今日期限の書類が放置されている。人事部から何度も期日《きじつ》厳守《げんしゅ》と念押《ねんお》しされていた書類だ。

「夜崎がどこに行ったか知らないか？」

平坦な声になるよう努《つと》めて、アーミーナイフ――初任給で買ったお気に入りらしい――の手入れをしている向井に聞いた。

「夜崎さんなら、今さっき帰りましたよ。また怒られますよー、って言ったんですけどね。愛してるまた明日な、って伝えといてくれって言ってました」

「そういうのは伝えてくれなくていい」

思わず向井を睨みつける。返されたのは同情を含みつつも面白がっているのを隠さない苦笑だった。

「報連相《ほうれんそう》は大事ですから」

「事後報告なんかいるか」

そこにタイミング悪く、人事部の師岡が夜崎を訪ねてきたものだから、暁は自分が悪いわけでもないのに、明日は必ず人事部に行かせると詫びる羽目になった。一部始終を見ていた向井が「おつかれさまです」と労《ねぎら》いの言葉をくれる。

「そう思うなら引き止めておいてくれ」

「俺には無理ですよ、暁さんじゃないと」

いつの間にか課内での呼び名が『朝川』から『暁』になってしまった。夜崎が「あきちゃん」なんてふざけた呼び方をするからだ。戸惑っているうちに、気がつけばそう呼ばれることに慣れていた。

ずっと感じていた、課内でのよそよそしさも最近は薄い。それは夜崎のおかげと言えなくもない。弁当の容器を自席のゴミ箱に捨てた夜崎に「食べガラは給湯室か食堂のゴミ箱に捨てろ」と注意した暁に「よく言った！」とカレーのにおいテロを食らった捜査官は肩入れしたし、不備が多い書類記入を正したら「暁さんの調書はいつも見やすくてありがたいです」と何人かから褒められた。そういう点で夜崎には感謝している。だが人としては最低だ。生活態度が壊滅的《かいめつてき》にずぼらで、下半身が緩くて見境《みさかい》がない。よくあれで警察官を続けていられる。

（あいつはいつか刺されて死ぬに決まってる）

理由は間違いなく痴情《ちじょう》のもつれだ。この一ヶ月、暁は五回、そういう場面に出くわした。男が二回、女が三回だ。犯罪でないのなら、暁は他人のセクシャリティに口出しする気はない。

だが。だが、だ。毎回相手が違うのは市民の模範《もはん》でもあるべき警察官として、あるまじき姿ではないのか。

苦言《くげん》を呈《てい》した暁に夜崎は脂下《やにさ》がった顔で腰を抱き込み「妬くなよ、あきちゃんが一番だ」と、冗談でも聞きたくない嘘っぱちを囁いてきた。悪びれる様子もない夜崎があまりにもムカついて股間を蹴りつけてやりたかったのに、片手で防がれてしまい、結局暁の鬱憤《うっぷん》が溜まる結果に終わった。

目の前にいなくても暁を悩ませる男に苦虫《にがむし》を噛み潰しながら帰宅すると、母の要望で引いた固定電話の留守電ランプが点灯していた。

警察官僚の娘であり妻だった母は、よほどのことがない限り携帯電話にはかけてこない。

再生ボタンを押すと流れ出したのは、予想通り母の柔らかいが淡々とした声だった。

「あの人との離婚が成立しました」と感慨《かんがい》もなく告げる。

離婚、というのはそれなりに重大な報告だと思うのだが、母にとっては留守電に吹き込んで終わる程度の些末事《さまつごと》なのか。……そうかもしれない。問題を起こして警視庁を退職した父が出ていったと聞かされたのも、荷物が運び出された後だった。

あの時も今もショックはなかった。そうか、と思っただけだ。留守電は暁の食生活や体調を慮《おもんばか》る内容が続き、怪我《けが》には気をつけてと締めくくって終わった。離婚報告よりよほど長い。それでも休日に顔を見せに来て、の言葉はなかった。暁は父親似だ。積極的に見たい顔ではないのだろう。

暁の両親は見合い結婚だ。警察官僚だった祖父が父を気に入り、娘との縁談《えんだん》を持ちかけた。嫁入《よめい》りの形を取っているが、実質は入《い》り婿《むこ》に近い。夫婦喧嘩《ふうふげんか》をしているところを見たことがない代わりに、仲睦《なかむつ》まじく寄り添う姿を見た記憶もない。

暁自身は良く育ててもらったと思っている。母は暁が独り立ちするまでの間、栄養バランスの取れた食事を作ってくれたし、部活動や学校行事にも嫌な顔ひとつせず協力してくれた。父も暁に将来自分と同じ道——キャリアとして警察官になることを強く求めたが、理不尽《りふじん》に叱《しか》られた記憶はない。けれど両親の愛情をいっぱい受けて育ったのかと聞かれると、違和感がある。父と母と息子、互いがその役割を模範的にこなしていた。それが一番しっくりくる答えだった。

メッセージを消去し、キッチンに向かう。電気ケトルで沸騰《ふっとう》させた湯をカップラーメンに注ぎ、冷凍《れいとう》の餃子《ぎょうざ》を電子レンジにかける。刑事の生活は不規則だ。一人暮らしを始めた当初は自炊を頑張ってみたが、早い段階で諦めた。暁の食生活は外食とコンビニ弁当、冷凍食品にインスタント食品ばかりだ。
　出来上がった麺《めん》を一口啜《すす》ったところでスマートフォンが鳴った。着信は芽村からだった。
《退勤後にすまんな》
「いえ、構いません。何かありましたか」
《男の刺殺体が上がった》
「現場に向かいますか」
　椅子から立ち上がりかけた暁を芽村の一言が止める。
《いや、必要ない。だが明日は朝一で捜査会議だ》
「わかりました」
《それで夜崎にも連絡を取ってるんだが、まったく繋がらん》
「……俺からもメールを入れておきます」
《頼む。あとすまんが、明日の朝あいつを引きずって来てくれ》
「……分かりました」
《頼んだぞ》
　電話が切れる。芽村は夜崎のことを頼みたくて、電話をかけてきたのだろう。
　夜崎の家に寄るなら三十分は早く出ないといけない。いい迷惑だ。
「くそ…っ」

毒づいて行儀悪《ぎょうぎわる》く餃子に箸《はし》を突き刺した。インスタントラーメンはふやけて不味《まず》くなっていた。

＊

翌朝、予定通りの時間にチャイムを鳴らしたにもかかわらず、一向《いっこう》に夜崎が応じる気配はなかった。二回、三回と辛抱強《しんぼうづよ》く繰り返すが、やはり出ない。

夜崎には昨夜のうちに、迎えの時間も含めて伝えていた。夜半過ぎに「りょーかい」といらないハートマーク付きで返信もあった。

（それなのに、これか）

まったくどうしようもない男だ。毎度のことながら、なんだって俺が、と額に青筋を浮かべて合鍵《あいかぎ》を取り出す。嫌々ながら受け取った合鍵は、最悪なことにとても役立っている。

「夜崎！　いるんだろう、起きろ！」

玄関ドアを開け、廊下《ろうか》の奥に怒鳴《どな》るが返事はない。

寝室まで起こしに行くしかなさそうだ。苛立《いらだ》ちと嫌悪《けんお》をたっぷりと含んだため息を落とす。夜崎の自宅は倉庫か廃墟《はいきょ》かごみ屋敷かと言いたくなるほど雑然《ざつぜん》としている。生ゴミが埋もれてないだけマシだ、と自分に言い聞かせて、暁は上がり込んだ。

ゴミとしか思えない雑誌やら通販の段ボール箱が積み上がっているダイニングキッチンを横切って、寝室のドアを開ける。

暁は腕を組んで、布団から両足を突き出した豪快な寝相《ねぞう》の男を見下ろした。

「起きろ、夜崎！　今日は朝から捜査会議があると言っただろう！」

遠慮なく蹴飛ばして布団を剥《は》ぐ。うつ伏せで枕《まくら》を抱えて寝ている夜崎は、今日も素っ裸だった。

「ん、あー……」

夜崎は蹴られた脇腹をぼりぼりと掻き、のっそりと起き上がった。

「あきちゃん、今日、早くねぇか」

くあぁ、と欠伸《あくび》で大口を開けた男がベッドの上で胡坐《あぐら》をかく。股間を隠しもしない。

「黙れ。さっさと仕度《したく》しろ。でなければ、そのくされペニスを今すぐもぎ取ってやる」

目を据わらせて脅《おど》しても、夜崎はまるで悪びれず、にやりと唇を歪《ゆが》めた。素直さの欠片《かけら》もない、脂下がった笑い方だ。

「おいおい、嫉妬深い恋女房《こいにょうぼう》みたいなセリフ言うなよ、ムスコが張り切っちまうだろ」

腹を掻いていた手が朝の生理現象で頭をもたげていた性器を掴んで見せつけるものだか

ら、暁は遠慮なく踏みつけようとしたが、ボスッと踵《かかと》がマットに埋まる。

「おっと、おっかねぇ」

転がって避《よ》けた夜崎は、子猫にじゃれつかれた程度の感想を残して洗面所に向かった。

「腐《くさ》り落ちてしまえ！」

背中を向けたまま、夜崎の手がひらひらと振られた。


夜崎の住むマンションは港区の高級住宅街に建っている。やや古さはあるものの２ＤＫの部屋は家賃相場で考えれば、夜崎の給料で払えるような金額ではない。どうやって賃料を払っているのか、詮索《せんさく》を好まない暁でも気になるというものだ。

「金でも巻き上げてるのか？　それとも弱みを握って脅してでもいるのか？」

嫌味半分、疑惑半分で、ソファに築いた洗濯物の山からシャツを探している男に問う。

「あ、くそ、着たのと洗ったの混ざってんじゃねぇか、………なんか言ったか？」

「貴様の給料で住める部屋とは思えないが」

偏見《へんけん》はよくない、しかし潜入捜査官がそのまま汚職《おしょく》警官になるのは、ままある事態だ。

「ああ、ちぃとな、訳ありで家賃が格安なんだ」

気分を害することもなく、夜崎はあっさりと答えた。

「訳あり？」

おう、と得意げに夜崎が笑う。

「事故物件」

つまりこの部屋で以前の住人が……。

「ちょうどお前が立ってるところだ。そこで前の奴が腹めった刺し、内臓引きずり出されて転がってたんだと」

「なっ」

思わず飛びのいた。顔を引きつらせた暁の横っ面を夜崎の笑い声が叩く。

「わーりぃわりぃ、冗談だ。ホントはそっちの寝室で首吊りだ」

「き、さまっ！」

「んなわけで破格の月七万円プラス管理費だ。あきちゃん、死体は苦手か？　けっこう繊細《せんさい》なんだな」

ようやく皺の少ないワイシャツを見つけだし、夜崎はボタンを留めながら聞いてくる。

誰だってこの男のデリカシーの無さに比べたら繊細だ。

「貴様の笑えない冗談が心底嫌いだ」

「人のこと疑って聞いてきたのはそっちのくせに、ひでぇ言いざまだなぁ」

「…………ッ」

よこされた視線は意外に鋭《するど》く、暁はとっさに言い返せなかった。

「あれ？　なあ、冷蔵庫に入ってた牛乳と卵知らねぇか？」

腰を屈めて冷蔵庫を覗き込む夜崎は、すでに普段の彼だった。のんびりと顎を擦って首を傾げる。

「賞味期限が一ヶ月前の卵と、いつかも調べたくないパンパンに膨《ふく》らんだ牛乳のことを言ってるなら捨てた」

「マジか。買ったばっかだってのに。近頃のは賞味期限短すぎんだよなぁ」

どこがだ。あまりに不快で捨ててしまったが、そのままにしておけば良かった。そうしたらしばらくは平和な日々を謳歌《おうか》できたかもしれない。

「一ヶ月前は最近とは言わん」

「しゃあねぇ、パンでも買うか。あきちゃん、途中でコンビニ寄ってくれ」

待たせた、の一言もなくジャケットを羽織った夜崎がずうずうしくもそう言った。

＊

捜査会議は、大欠伸をした夜崎が睨まれた以外は——即座《そくざ》に脇腹に肘鉄《ひじてつ》を見舞った——つつがなく終了した。

殺された男は梁川始《やながわはじめ》、二十五歳。何度か麻薬の販売で逮捕歴のある男だった。

事件当時、近所で言い争う複数の男女の声がすると通報が入っていた。最寄りの交番から警察官が駆け付けたところ、梁川が出刃包丁で胸を刺されて死んでいた。

殺害現場となったのは、ホステス——比留田結奈《ひるたゆうな》の部屋だったが、本人は行方不明《ゆくえふめい》となっている。もう一人男がいたとの証言《しょうげん》も出ているが、そちらはまだ素性《すじょう》を掴めていない。結奈は昨夜無断欠勤だったと職場のキャバクラで確認が取れている。

凶器となった出刃包丁には犯人と思しき指紋《しもん》の他に結奈の指紋も残っており、部屋にあった物のようだ。状況から見て、結奈ともう一人の男が何らかの事情を知っていると思われる、重要参考人だ。

被害者と被疑者の情報を中心に、一通り事件の詳細と今後の捜査方針を伝達されて会議は終了した。

「夜崎、俺たちはキャバクラに聞き込み調査だ、さっさとしろ。あと口元のよだれも拭け」

「お、いけね」

「それと」

よっこいせ、と年寄りくさく立ち上がった夜崎の襟《えり》を、暁は手加減なく締め上げる。

「次に捜査会議で同じ態度を取るなら、奥歯の一、二本は覚悟しろ」

本気の忠告に、へらりと笑っていた夜崎の顔から表情が消える。じっと暁を見つめ返す眼差しはやけに凪《な》いでいた。

「悪かった」

睨み上げる暁に、夜崎が両手を挙げて謝罪する。茶化《ちゃか》した様子はない。

暁は突き飛ばすように手を離した。夜崎はたまに――本当にたまに今みたいな目をする。それはたいてい、暁が何かに憤《いきどお》っている時だ。まるで眩しいものを見るような、見守るような目が、心を落ち着かなくさせるから苦手だ。

「朝川、待て。夜崎もだ」

行くぞ、と声をかけ会議室から出ようとしたところで、芽村に呼び止められた。てっきり居眠りを叱責《しっせき》するのかと思ったのだが、深刻な表情からしてどうも違うらしい。

「課長、どうかしましたか？」

「うん、ちょっとな」

歯《は》に衣着《きぬき》せぬ物言いが小気味《こきみ》良《よ》い芽村にしては、珍しく奥歯に物が挟まったように歯切れが悪い。暁は横目で夜崎と視線を交わした。夜崎も思い当たることはなさそうだ。

「とりあえずちょっとついてきてくれ」

「どこにです？」

「来れば分かる」

目的を告げぬまま踵《きびす》を返され、疑問を抱えたままついていくしかない。芽村が「ここだ」とドアノブに手をかけたのは来客室だった。一般市民を通すような部屋ではなく、貴賓《きひん》が訪れた際に使われる部屋、いわゆるＶＩＰ用の来客室だ。

「あ、来ました？」

「待たせたね」

室内には四人ほど先客がいた。一人は二十代半ばと思われる婦人警官――見覚えはない、残りの二人はスーツを着た捜査官――何度か見た覚えがある、そしてもう一人は――革張りのソファにちょこんと腰掛けただけで足が浮いてしまう幼い少年だった。

「こいつぁ、また……」

絶句《ぜっく》する暁の後ろから室内に入った夜崎も、目を見張ってそれ以上の言葉を失った。

「夜崎、この子を知ってるか？」

「………いや、知らん……っすね」

芽村はこちらの反応をある程度予想していたようだった。端的《たんてき》な質問が投げられる。取ってつけた敬語で夜崎が答えるが、その視線は一度こちらを見たきり俯《うつむ》いてしまった少年に注がれている。

「そうか。朝川は、どうだ？」

「いえ、俺も……知りません」

事実だ。けれど言った後も暁の胸には「本当に？」と疑念が拭《ぬぐ》えない。なぜなら、知らないと言い切るには、目の前の少年はあまりにも——。

「……そうか」

芽村が落胆《らくたん》を滲《にじ》ませて小さなため息をつき、すぐに気を取り直して人好きのする笑みで少年の傍らに膝をつく。

目線の高さを合わせ、「待たせたね」と少年に話しかけてから、戸口で立ち尽くしている暁たちに顔を向けた。つられるように少年も顔を上げる。

ごくり、と唾《つば》を飲んだのは自分だったのか、夜崎だったのか。

「この子の名前は比留田 翔悟《しょうご》君だ。会議では伏せていたんだが、例のホステスの息子だ」

紹介された少年は——他人というにはあまりにも暁と面差しが似ていた。

ぎこちない自己紹介の後、少年——比留田翔悟と生活安全課の柚原《ゆのはら》だけを残して隣の来客室に移動した。

扉が閉まるなり、芽村に詰め寄ったのは暁だった。

「課長、どういうことですか。きちんと説明してください」

「まあ、待て。もちろん説明してやるから」

座れ、と促され、革張りのソファに夜崎と並んで腰掛ける。

説明は初動捜査にあたった所轄《しょかつ》の捜査官――来客室にいた彼らだ――からされた。

激しい言い争いをしているとの通報を受け、駆けつけると玄関ドアが開いており、ワンルームの室内には胸を刺された梁川が倒れていた。

その後、捜査官が室内を調べたところ、押入れに翔悟が膝を抱えて隠れていたというのだ。現場に大きな驚きが走っただろうことは想像に難《かた》くない。

押入れは少し開いており、翔悟は梁川が刺殺された一部始終を見ていた可能性が高い。だがなにより捜査官たちを戸惑わせたのは翔悟の様子だったそうだ。

彼は見つかるまで微動《びどう》だにせず、押し入れの隅《すみ》に座り込んでいた。出ておいで、と声をかけたら素直に出てきたし、名前を聞けば名乗ったそうだが、それ以上のことは何を聞いても喋《しゃべ》ろうとしないらしい。

「どうして捜査会議では翔悟君の存在を隠したんですか?」

暁の質問に答えてくれたのは芽村だった。

「梁川はヤクの売人だ。バックがついてる。殺人現場にいたガキとなれば――」

「そいつらにとってまずい現場だったんなら狙われる可能性がある、ってことか」

「そういうことだ」

「どこの組に出入りしてたかは分かってるんですか？」

「まだだ」

夜崎の質問に、芽村は首を振った。

「最近は危険ドラッグを売ってたらしい。そうなると暴力団絡みとは限らんからな」

違法ドラッグや脱法ハーブと呼ばれる、覚醒剤《かくせいざい》やヘロインとは別種のドラッグが出回るようになってから、手軽さが増した。その分、薬の取締りも複雑さを増している。インターネットでの売買も多いから、なおのことだ。

「なるほど、そういう事情っすか。それで、なんで俺も呼ばれたんですか？」

ちら、とよこされた視線は、呼び出しがかかるのは暁だけなのではないかと語っている。

「最初はお前をご指名だったんだ」

「俺？」

案外と長い睫毛《まつげ》をぱちぱちとしばたいて、夜崎は自分の顔を指差した。そうだ、と芽村が頷いて、テーブルに名刺を一枚差し出す。

ずいぶんとよれて、裏にはクレヨンで落書きされていたが、それは夜崎の名刺だった。

「あの子が抱えてたリュックに入ってたそうだ。それで比留田親子のことをなんか知ってるんじゃないかってお呼びがかかったんだが……。夜崎、覚えは？」

「ははぁ、そういや、聞き込みであの辺のキャバに行った記憶があんな。そん時に渡した一枚だと思います」

悪用防止の意味も含めて、何かあった時にその名刺を誰に渡したか分かるよう目印をつけておくのは捜査官の常識だ。夜崎は裏の左下にナンバリングしているようだった。

「比留田結奈に覚えは？」

「寝てりゃ覚えてたでしょうけど、そうじゃないならいたかもな、くらいです。何せあの日だけで五十枚くらい配ったんで」

「まったく、肝心《かんじん》な時に役に立たん下半身だな」

「芽村さん、不能みたいに言うのやめてくださいよ、あきちゃんに誤解されちまう」

傍観を決め込んでいた会話に、なぜか暁も巻き込まれた。

「貴様の下半身事情に俺が関係あるみたいに言うな」

「俺としちゃ、そろそろ関係してほしいんだがなぁ」

「本気で不能にされたいか」

青筋を浮かべて拳を鳴らした暁は、向かいからわざとらしい咳払《せきばら》いをされて、ここがどこなのかを思い出した。

しまった、芽村たちといるのだった。

「冗談はさておき。会議前に翔悟君と引き合わされて顔を見て、な。これは夜崎だけじゃなく朝川も呼ぶ必要がありそうだと判断した」

なぜ芽村がそう判断したか、説明の必要はない。翔悟の顔立ちは暁の子供だと言われてもおかしくないほどよく似ていた。暁が同じ年頃だった時の写真と比べたら、翔悟の写真と言われても区別がつかないのではないかと思う。

暁は室内の視線が自分の顔に集中しているのを感じた。

「朝川。お前は比留田親子に心当たりはないか？」

身に覚えがないか、と言わなかったのは芽村の上司としての優しさだろう。

「いえ、母親もあの少年にも会ったことはありません」

キッパリと言い切った暁の言葉に、口を挟んだのは初動捜査にあたった所轄の捜査官だ。聞こえよがしに「その顔で言われても説得力ってもんがな」「まったくだ」と耳打ちしあう。

瞬間、頭に血が上った勢いのまま言い返そうとした暁の腕を夜崎が掴む。

「世の中には同じ顔が三人いるってんだから、その内の一人がガキんちょだったってことだろ。大体あのガキいくつだ？　四つか五つくらいか？」

「……今年の五月で四歳になってる」

夜崎の問いかけに、一人がぼそぼそと記録を読み上げた。

「てぇこたぁ、種仕込んだとしたら……五年半前か。あきちゃん、五年前の七月はどこで何してた？」

「……警察学校にいた」

国家試験に晴れて合格した直後の年だ。記憶を遡《さかのぼ》るのは造作《ぞうさ》もなかった。

「あそこにいながら火遊びは、さすがの俺でも厳しいもんがあるな」

完全にやりこめられた形になった男たちは「可能性の話をしただけだ」と言い訳がましくぶつぶつと漏らしたが、芽村に睨まれると揃って口を噤《つぐ》んだ。

「それで、翔悟君のことなんだが。しかるべき所に預かってもらうのが本来の手続きになる。しかし説明した通り、あの子は事件現場の押入れに隠れていた。何か目撃してる可能性が高い。梁川の仲間が狙ってくるかもしれん。それに母親が接触してくる可能性もある。つまりあの子には護衛と監視が必要ってことだ。それは分かるな？」

そこで一旦言葉を区切り、芽村はこれは強制じゃないから無理なら断ってくれてもいいと前置きして続けた。

「お前らしばらくあの子を預かってくれないか」

強制ではない、と言いながら芽村の口調は有無《うむ》を言わせぬものだった。とはいえ、夜崎を叩き起こしに行くのとはわけが違う。気安く受けられる話ではない。なにせ、四歳の子供を――しかも殺人事件に関わっている子だ――預かるのだ。

暁には子育ての経験はない。兄妹はおろか、近しい親戚に年下の子供もいなかった。

護衛はいい。監視も構わない。しかし子供の面倒を見るとなると……自信がなかった。

「なにも無期限にってわけじゃない。一ヶ月だけだ。それ以上になるようなら、体制を改めてあの子は養護施設に預けることになる」

黙り込んだ暁と夜崎に、芽村が説得の言葉を重ねる。

期限を区切られても、自信がないのに変わりはない。かといって、すぐさま断るのは躊躇われた。それは芽村に強く頼まれているからだけではなく……——。

「あきちゃんが受けるってなら、俺はいいっすよ」

隣で押し黙っていた夜崎が、先に口を開いた。それは暁にとって意外な答えだった。

「お前、……子供の面倒なんて見られるのか？」

「ガキの世話したことあんのかって意味なら、弟のおしめはよく取り替えてたぜ？」

意外な事実を明かされる。なにせ赤ん坊のおむつを取り替えるより、少年のパンツを引っぺがしている姿の方が想像しやすい男だ。

「そうか。朝川はどうだ。引き受けてくれるか」

「………確認したいことがあるんですが」

「言ってみろ」

唇を舐めて湿《しめ》らせてから、暁は質問を口にした。

「翔悟君は名前以外については喋らないんですよね？　意思疎通が難しいんでしたら、俺には面倒を見きれる気がしません」

そのことか、と芽村が頷く。

「ああ、すまん、言い方が悪かったな。あの子は雑談になら応じる。事件と、母親の比留田結奈に関する話題になると答えないんだ」

「母親のことも?」

「そうだ。夜崎の名刺をリュックから見つけたと言っただろう? そのリュックは翔悟君がさっきも持ってた物なんだが、中身を見せてもらおうとしたら激しく抵抗されたらしい。それで警戒心を持たれたせいもあるんだろうがな」

ちらりと脇で控える捜査官たちを見る。手に引っかき傷が多いと思っていたが、その抵抗で負ったもののようだ。

「リュックには俺の名刺以外、何が入ってたんですか?」

そんなに抵抗したのなら、重要な手がかりが入っていたのではないのか。それを期待した夜崎の質問は芽村が首を振って否定した。

「大人の目を引く物は無し、翔悟君の大事な物しか入ってなかったそうだ」

描き終わった物を含めてお絵描き帳が数冊、それにクレヨンとやはり絵が描かれたチラシや紙切れが入っているだけだった、と付け加えられる。

「お前たちには面倒を見るのと併せて、事件のことも上手く聞き出してほしい」

「四歳児の証言なんてあてにならないでしょう」

「それでも無いよりはいい。捜査の方針もちったぁ決めやすくなる」

翔悟に同情的だった芽村の物言いが、この時ばかりは歴戦《れきせん》の刑事のそれになる。

「それで。どうなんだ、朝川、引き受けてくれるか」

心当たりはないかと聞かれて、暁は比留田親子に会ったことはない、と答えた。それは事実だ。けれど心当たりは、あった。

「わかりました、やります」

暁はまっすぐに芽村を見て言い切った。

「そうか！　よろしく頼んだぞ、二人とも」

「どこまで出来るか分かりませんが」

「まっ、ガキに嫌われん限りは」

父が辞職せざるを得なくなったスキャンダルは未成年の少女との飲酒、淫行疑惑だ。それを週刊誌にすっぱ抜かれて大きな問題となった。

それが、五年前のことだ。

(もしかしたら、彼は……)

翔悟にも今後のことを説明する、と少年が待つ来客室に戻る。

「やあ、翔悟君、待たせてごめんね。今日からの君のおうちなんだけどね」

しゃがみ込み、芽村が子供にも分かりやすい言葉を選んで話しかける。大人しく聞いている翔悟を見つめれば見つめるほど、暁の中で、もしかしたら、の先に続く可能性は大きくなっていった。

この少年は、自分の異母弟《おとうと》なのではないか——？

＊

翔悟を預かるにあたり、暁は彼とどう接すればいいのかそればかりを考えていた。

夜崎と二人で預かる。言葉で理解していたそれがどんな意味を含むのか、夜崎に切り出されるまでまったく想像していなかったのだ。

「それで、どうする？」

「なにがだ」

翔悟は柚原と一緒に、必要な物を買い出しに行っている。暁と夜崎は戻ってくるのを待つ間に、今後について話し合うように言われていた。要は腹を括《くく》る猶予《ゆうよ》を与えられたのだ。

質問の意図が掴めず、暁は隣に座る男に聞き返した。夜崎の太い眉がくいっと持ち上がる。この男は目の表情が周辺のパーツも含めて豊かだ。

「うちとあきちゃんち、どっちで暮らす？」

夜崎にはっきりと言葉で言われて、暁は遅ればせながらその問題に気づいた。

なんで今まで気づかなかったのだろうか。翔悟は命を狙われる可能性がある。それに重要参考人の母親が接触してくる可能性も高い。つまり二十四時間の警護と監視が必要だ。

それを一人でカバーするのは実質不可能だ。だからこそ、芽村は暁と夜崎の二人に引き受けてくれるよう頼んだのだ。

移動の手間もあるが、今日は夜崎の家、明日は暁の家と行き来するのは子どもの生活環境として、いいとは言えない。寝具や食器等を二セット用意するのも経済的ではない。そうなればひとつ屋根の下で暮らすのが、最も無難で無理のない体制だ。理屈は分かる。多少不安があるのは否定できないが、翔悟と暮らすのも構わない。だが夜崎と寝食を共にするのは嫌だ。

「……貴様に俺の家の敷居を跨《また》いでほしくない」

夜崎が歩いたところからゴミ屋敷にされそうな気がする。

「なら、うちにするか」

「……あんなゴミ溜めに子供を住まわせられるか」

もちろん暁自身も住みたくなかった。

「いや、さすがにちゃんと片付けるって」

「交互に泊まらせるというのは」

「そいつはぁ、引き受けた割に私情を挟み過ぎじゃないか?」

やんわりと無責任だと責められ、暁は黙った。夜崎と同じ家で暮らしたくないのは暁の我が儘で、合理的な判断ではない。

夜崎と二人で翔悟を守り、彼が知っている情報を聞き出す。

その任務を暁は自分の意思で受けたのだ。冷静に、客観的に、あの子にとってより良い選択をせねばならない。

「………貴様の家は人が死んだ部屋だろう」

「まあ、そうだな」

もちろん言われるまで暁も分からなかった。痕跡《こんせき》が残っているわけではない。だが翔悟は自宅で人が死んだばかりだ。警官が来るまでの数時間、死体といたのだ。自殺だろうと人が死んだ部屋に住まわせるのは抵抗があった。

自分と夜崎で預かる。夜崎の自宅は使いたくない。そうなれば選択肢はひとつだ。

「……うちに来い」

「いいのか?」

念を押されて、暁は大仰《おおぎょう》なため息をついた。

「他に選択肢がないんだ、致し方あるまい。ただし! うちの物には一切触れるな」

「鑑識手袋ごしなら有りって……あーあー、わかったって冗談だ、冗談。家探しなんかしねぇよ。小学校の卒アルも秘蔵コレクションも探さない」

「貴様はまたそういうくだらないことを」

　卒業アルバムは実家だし、夜崎の言う「秘蔵コレクション」は元から置いていない。

「改めて、ひとつ屋根の下、よろしくな」

　右手が差し出される。暁はじっとその手を見下ろした。身長に見合う大きくてぶ厚い手だ。過剰で一方的なスキンシップをされてきたが、握手を求められたのは初めてだ。

「絶対に散らかすんじゃないぞ」

　力いっぱい握り返して釘を刺す。

「任せろ、家事は得意だ」

　まるで痛みを感じていないかのように、夜崎は顔色ひとつ変えず、これっぽっちも信用ならない宣言をして胸を張った。


　来客室のソファに浅く腰かけた暁は、さっきからネクタイの結び目が曲がっている気がして、しきりと手をかけては位置を直していた。

　もうすぐここに翔悟が来ることになっている。そうしたらいよいよ一緒の生活が始まる。

「なんかあれだな」

ソファの背もたれにどっかりと背中を預け、腕と足を組んでいた夜崎がぼそりと漏らす。

「養子引き取る夫婦みたいじゃないか」

「よけいに緊張するからやめろ。……なんだ?」

「いや、てっきり夫婦に突っ込まれるかと思ったんだが、あきちゃんもついに認め」

「くだらなすぎて突っ込む気力もないだけだ」

みなまで言わせず、黙れと遮《さえぎ》った。

それっきり夜崎は口を噤んだ。二人で黙り込むと、壁にかけられた時計の秒針が進む音がやけに大きく聞こえた。それにどくどくと早くなっている鼓動も耳の奥で響く。夜崎が変なことを言うからいけない。

一ヶ月ほど預かるだけだというのに、子供を引き取る親の気分になってくる。

秒針の音がうるさいわりに、時間が経つのは苛立たしいほど遅かった。滲む汗で手の平がびっしょりと濡れる頃になってようやくドアがノックされた。

「どうぞ」

なぜか勢いで立ち上がっていた。隣で夜崎も立ち上がる。盗み見ると珍《めずら》しく彼の表情も強張っている。

(こいつも緊張してるんじゃないか)

さっきの軽口はそれを紛《まぎ》らわす為か。不思議なもので、自分だけではないと思うといくらか落ち着きを取り戻す。ドアが開き柚原に手を引かれた翔悟が入ってくる。

小さく会釈《えしゃく》され、暁と夜崎も頭を下げた。やはり妙な気分だ。

「翔悟君、ほら」

柚原に促《うなが》され、翔悟がおずおずとスカートの陰から姿を見せる。少年の顔はさっきよりも白い。背負《せお》った青いリュックの肩ベルトを力いっぱい掴んでいる。緊張しているのだ。当たり前だ。まだ四歳の子供だ。それなのに見ず知らずの男たちに面倒を見てもらうことになったのだ。泣き出さないだけでも感心する。

怖くないわよ、と背中を押され翔悟が近づいてくるが、距離が縮まるにつれ歩幅がどんどん小さくなる。近づいた分だけ見上げなければならず、威圧感を与えているのだと気づかなかった。戸口に立つ柚原に口パクとジェスチャーで「屈《かが》んで！」と指示を出されて、慌てて片膝をついた。まるでプロポーズの格好だ。

目線が下がると翔悟は明らかに緊張を緩めた。手を伸ばせば頭を撫でてやれる距離にまで近づく。

ああ、やっぱり似ているな、と思った。ぱっちりとした大きな目。長い睫毛は逆さ睫毛気味で、暁も小さい頃よく目に入ってちくちくと痛んだ。目尻が猫っぽく跳ねているところも似ている。

自分と似ていると評した顔を褒めるのもなんだが、翔悟は小さいながらに整った顔立ちをしていた。テレビに出ているへたな子役タレントよりもずっと可愛い。黒よりも茶色に近い髪は細く、ふわりと子供特有のまあるい輪郭《りんかく》を囲んでいてそれがまた愛らしい。

笑ったらもっと可愛いに違いない。

「比留田翔悟君」

あえてフルネームで呼びかける。翔悟はこくん、と暁を見つめながら頷いた。

「俺は朝川暁だ。今日からしばらく翔悟と暮らすことになる、よろしく」

熱心に見られているのを意識しながら、右手を差し出した。翔悟は瞬きもせず暁の顔を見つめたままだ。さすがに少し困って「握手は嫌いだったか？」と聞いたら、「へ、へいき」と小さな手が握り返してくれた。

けれどやはり顔ばかり見られる。四歳で果たしてどこまで理解できているのかは分からないが、彼も何か思うところがあるのかもしれない。

手を離すタイミングを探しあぐねていると、横から大きな手がぬっと出てきて、柔らかく翔悟の髪を撫でた。

びっくりした翔悟が暁と繋いでいた手を離して、頭を撫でた夜崎に顔を向ける。

「お前、そんな年から面食《めんく》いか？　将来有望だな」

子供に語りかけるには不適切な発言で夜崎はにっと唇を左右に広げ、頭を撫でていた手

を顔の前に差し出す。

「俺は夜崎勇吾だ、よろしくな」

晩と握手した手が夜崎の手にも添えられる。翔悟の手は暁と握手した時よりも小さく感じられた。

「……………ゆうなちゃんは？」

訊ねられて、それが誰のことなのかとっさに思い浮かばなかったのは、子供が母親を呼んでいるのだと結びつかなかったからだ。

「結奈ちゃんはちょっとお出掛けしてんだ。だから俺たちが翔悟と一緒にいてほしいって頼まれたんだ。それとも俺たちだと嫌か？」

夜崎の言葉に翔悟はきゅっと唇を噛むと、ふるふると首を振った。

「いやじゃない、へいき」

「おし。じゃ、よろしくな」

夜崎が一度目よりも乱雑にくしゃくしゃと小さな頭を掻き混ぜる。

「夜崎、そんなにしたら髪が鳥の巣になるだろう」

「おっと、わりぃわりぃ」

四方に乱れた毛先を整えてやりながら、暁は内心で安堵《あんど》のため息を漏らした。

いつ会えるの、どこに行ったの、と聞かれたら、どうしようかと思っていた。安易《あんい》な嘘はっきたくない。けれどうまい返しが暁には思いつかなかったからだ。

*

「さあ、ここだ」

着いたよ、と声をかけると翔悟は後部座席でこっくりと頷いた。胸にはしっかりとリュックを抱きしめている。最初の印象通り、翔悟は大人しく聞き分けの良い子だった。チャイルドシートにも素直に収まり、暴れることもなかった。

駐車場に車を停め、夜崎がトランクから荷物を下ろす間に、暁がシートベルトを外して翔悟を車から降ろしてやる。

リュックを背負うのを手伝ってやろうとしたが、それは嫌がられたので一人で腕を通すのを待つ。手がかからないと言えば聞こえはいいが、我慢をしているのではないかと不安になる。

よた、とリュックの重さによろけた背中を暁は慌てて支えた。転ぶと覚悟していたのか、きょとんと首を傾げた翔悟は不思議そうに暁を見あげた。なんで助けてもらえたのか分からないとでも言いたげだ。

「大丈夫か？」

こくり、と頷いた翔悟の手を取り、「ここの三階だ」と暁は自分の部屋を指差した。

「さあ、入って。今日からしばらくはここが翔悟の家だ」

「おじゃま、します……」

「へぇ、いい部屋じゃねぇか」

遠慮がちな翔悟と対照的に荷物を抱えて追いついた夜崎は、ズカズカと上がり込んで部屋を検分《けんぶん》する。

「翔悟、ご飯にするから手を洗って来なさい。洗面所は玄関のすぐ左の扉だ、分かるか？一緒に行こうか？」

「へいき」

繋いでいた手を離し、翔悟は小走りに駆けて行く。

「あきちゃん、荷物どこに置きゃいい？」

「布団はあっちの部屋に。それ以外は一旦、ここに置いてくれ」

ここだ、とドアを開けた部屋は、玄関から入ってすぐ右にある、寝室として使っている部屋だ。

「もう一度言っておくが、貴様の期待するような物は一切置いていないから余計なところは触るなよ」

再度釘を刺して、残りの荷物はリビングの隅に置いてもらう。中身を確認しながら、どこに置くかを振り分けるつもりだ。

「あきちゃん、翔悟は？」

「手を洗いに行かせたが……」

それにしてももう戻って来てもいい頃だ。何かあったのかと心配になって様子を見に行く。

「翔悟、手は洗えたか？」

コンコンとノックをしてから扉をスライドさせた。

「あ……っ」

「どうした？」

びくっと肩を大げさに跳ねさせて翔悟が振り返る。見上げる目が揺れていて、まるで怒られるのを恐れているみたいだった。怪訝《けげん》に眉を寄せる暁の前で、翔悟が小さな右手をやはり小さな左手で隠すように握る。

洗った形跡はない。そこでようやく気づいた。

「……届かなかったのか」

俯いた翔悟のつむじが縦にこくんと揺れる。つま先も靴下を擦り合わせるように丸まって、叱《しか》られるのを覚悟している。それがあまりにも痛々しくて、そっと小さな頭を撫でる。

暁は優しく見えるよう意識して微笑みを浮かべた。

「踏み台も買ってこないとな。それまでは一緒に使おう」

「……ごめんなさい」

「謝ることはない、ほら、抱っこするぞ」

蛇口《じゃぐち》をひねり水を出してから、翔悟の脇を抱えて手を洗わせた。だが袖をまくるのを忘れたせいでびしょびしょになってしまった。普段、何気なくしている行動でもひとつひとつ気をつけてやらねばならないと知る。タオルを渡しながら「すまない」と謝ると、翔悟は「へいき」と首を振った。それがこの子の口癖《くちぐせ》なのだと気づいた。大人しく従順で、「へいき」が口癖になる生活とはどんなものなのか、想像すると胸が詰まる。

「あきちゃん、トイレってここか、借りんぞ」

顔を覗かせた夜崎が洗面所のひとつ奥、リビング寄りのドアを開けた。

「翔悟、トイレはいいのか？」

「……へいき」

またそう言って首を振る。けれど少し間が空いたのに暁は気づいた。

「夜崎が出てきたら、行っておこうか」

「……ん」

今度は素直に頷いた。やっぱり我慢していたのだ。

夜崎と入れ替わりに、暁と翔悟でトイレに入る。手伝ってやろうとしたが、それには顔を真っ赤にして「へいき！　へいき！」と追い出された。しっかりと施錠《せじょう》までされてしまう。

「いっちょまえに男のプライドってやつだな」

夜崎がしたり顔で頷く。

「……そういうものか」

「そういうもんだ」

「なかなか難しいな」

「まだ初日の最初だ、これからだろ」

すれ違いざまに、ぽんと尻を叩かれる。いつもであれば不快にしか思わない接触だったが、夜崎がいてくれてよかったかもしれない。ほんの少しだがそう思えた。

トイレから出てきた翔悟と連れ立ってリビングに移動すると、ローテーブルには夜崎がバーガー類をすでに袋から出してくれていた。

翔悟の場所は暁と夜崎の間にセッティングされている。

薄々感じてはいたが、夜崎は子供の面倒を見るのが上手かった。弟のおむつを取り替えていたのは嘘ではないらしい。

バーガーショップでお子様セットを注文する時も、上手く誘導していた。夜崎は「バーガーとナゲット、どっちがいい？」とカウンターのメニューを見せて聞いていた。「何がいい？」と聞いたら「なんでもへいき」と答えると分かっていたのだ。今も、自分のテリヤキバーガーを分けてやるのに「食ってみるか？」とは言わない。「美味いから食ってみろ」と差し出していた。そうすると翔悟はバーガーに齧《かじ》りついた。口周りをテリヤキソースまみれにした翔悟の頬を親指で拭ってやっている。「美味《うま》いだろ」と聞かれた翔悟はほっぺたをぽっこりと膨らませたまま頷いた。

ハンバーガーなんて、普段なら五分で詰め込んで終わりにするメニューだったが、翔悟の速度に合わせてじっくりと三十分、時間をかけた遅い昼食を終える。

夜崎は昼食後に一旦本庁に戻ることになっていた。捜査資料と、自宅から必要な私物を持って来る為だ。

夜崎を見送り、二人きりになると妙な気まずさが生まれた。リビングのソファにちょこんと座る翔悟は、来客室で所在無《しょざいな》げにしていた姿と同じで、緊張しているのが伝わってくる。

ご飯を食べている時は仲良くなれたと思ったのに、夜崎がいなくなった途端、距離がよそよそしい。

夜崎は何を話していただろうか。

翔悟が一番食いつきの良かった話題は……。そうだ、ハンバーガーショップでお子様セットについてくるオモチャを選んでいた時だ。四種類あるうち、「どれがいい？」と聞かれた翔悟はすぐにいろえんぴつを指差した。ずっと大事そうに抱えているリュックの中身も、お絵描き帳とチラシ類だったと聞いている。

「翔悟はお絵描きが好きなのか？」

翔悟用の荷物を開けていきながら話しかける。ぱっと翔悟の顔が上がる。

「すき」

即答だった。何に対しても遠慮がちで意思表示の薄い子が目を輝かせている。

本当に好きなのだろう。抱えていたリュックを開けて、いそいそと取り出したのはクレヨンと貰ったばかりのいろえんぴつだ。

クレヨンは二十四色セットのずいぶんと豪華《ごうか》な物だった。そういえば新しいお絵描き帳も買ったと柚原は言ってなかったか。

探し出して渡すと、翔悟はさっそく最初のページを開いた。いろえんぴつの箱から赤を選び取って、ぐりぐりとなにやら描き始める。

その間に暁は荷解《にほど》きを進めた。服が一週間分、子供用歯ブラシ等の洗面用具、落としても割れないプラスチック食器と小さいサイズのカラトリー。シャンプーやリンス、それにハンドソープも子供の肌に優しいタイプの物が入っているのはありがたい。

服はタグを切って余っていた収納ケースに入れ、食器は台所へ、洗面道具類は洗面所に持って行った。荷解きを終えた暁は財布をスラックスのポケットに突っ込むと、お絵描きに夢中になっている翔悟に声をかけた。真っ白だった画用紙には四角い箱から尖《とが》った黄色がつんつんと生えている絵が描かれていた。どうやら昼に食べたフライドポテトを描いていたらしい。

「夜はハンバーグとオムライス、どっちが食べたい？」

「……つくるの？」

「ん、ああ。他の物の方がいいか？」

「う、ううん、へいき」

「なら、どっちがいい？」

「……オムライス」

「オムライスだな、わかった。今からスーパーに買い物に行こうと思うんだが、翔悟も一緒に行ってくれるか？」

「いく」

「よし、決まりだ」

くしゃりと頭を撫でる。くすぐったかったのか、翔悟が肩をすくめてはにかむ。そうするとまろいほっぺたがさらに丸くなって、とても可愛いかった。

暁が上着を手に取ると、翔悟はいそいそとお絵描き道具をリュックに仕舞い出した。

「重いだろう、リュックは置いていったらどうだ」

「……へいき。もってく」

小さな腕が彼にはまだ大きめのリュックをぎゅっと抱きしめる。中身はお絵描き道具だけだが、翔悟にとっては肌身離《はだみはな》さず持っていたいほど大切らしい。

「わかった、それなら無くさないようにちゃんと背負っておくんだぞ」

スーパーではいつもお世話になっている惣菜《そうざい》コーナーを素通りし、ベーコンとニンジン、タマネギを手に取り、最後にオムライスには欠かせない卵をカゴに入れた。なんとなく栄養を考えて子供向けらしきヨーグルトとリンゴジュースも買うことにする。

「こんなものかな」

買い忘れはないだろうかとカゴを覗き、翔悟に手を差し出す。ところが反応がない。

「翔悟？」

見下ろすと、翔悟は遠くを見ていた。視線を追いかけて行きついたのはお菓子コーナーだった。

何か欲しいのだろうか。一瞬考えて、違うと気づく。翔悟が見ているのはお菓子ではない。そこには翔悟と同じくらいの子供を連れた年若い母親がいた。茶色のロングヘアにピンクが多めの服装は、どことなく写真で見た比留田結奈の雰囲気に似ている。

ふたつのお菓子を持って離さない我が子に「どっちかひとつだって言ってんでしょ」と諭《さと》していた。やがて母親が根負けし、二日分を今日買うことで決着をつけた親子は手を繋いでレジへと向かった。見えなくなるまで黙って見送る。

何も言わないからと言って、母親が恋しくないわけがないのだ。

会いたいと泣いてもいいのに、と思う。泣かれたら困るが、こんな痛々しい姿を見るよりもよっぽどいい。そうしたら慰《なぐさ》めてやれる。でも何も言わないと、暁にはそれも出来ない。変に声をかけたら傷つけるのではと考えてしまうと、「会いたいか?」とすら聞けない。

比留田結奈はなぜ翔悟を置いていったのだろう。

そんなにやむにやまれぬ状況だったのだろうか。カゴに放り込んだ材料が無駄《むだ》になってもいい。早く解決してやりたい。この子を母親の下《もと》に帰してやりたい。

「翔悟」

そっと指先だけで柔らかい髪を撫でる。はっと息を飲んだ翔悟が暁をふり仰ぐ。心なしか大きな目は潤んで見えた。

「行こうか。お会計をしたら袋詰めを手伝ってくれ」

「うん」

指先を揺らすと、小さな手が握り返してきた。子供はみんなそうなのか、その手は熱いくらいに温かかった。

レジ係の店員が手際良く商品のバーコードを読み込んで金額を読み上げる。代金を受け取った彼女はプロに徹していた笑顔から、朗らかな笑みに表情を変えた。

「お父さんとお買い物なんていいわねー」

翔悟に微笑みかけ、「うちのお父さんは全然付き合ってくれなくて」と暁に愚痴《ぐち》を零す。暁は曖昧《あいまい》に笑って誤魔化《ごまか》した。何も知らない他人から見ても、自分と翔悟は親子に見えるくらい似ているらしい。

父親の顔と「異母兄弟」の言葉が頭に浮かんでは消える。ＤＮＡ検査をすればすぐに分かることだ。

それで血縁関係があるとなったら、俺はどうするつもりなんだろうか。

子供は嫌いではないし、翔悟は可愛い。それは間違いない。では弟と知ったらさらに可愛く思えるのか。

翔悟と対面してから何度も浮かんだ考えは毎回そこで止まる。胸の真ん中でもやつく感情は自分でもどんな類《たぐい》のものなのか判然としない。

片手で荷物を持ち、空いた手をまた繋いで来た道を戻っていく。暁の足取りは来た時よりも少しだけ気遣いを無くし速くなっていた。

オムライスは我ながらいい出来になった。

翔悟も気に入ってくれたらしく、多く盛り過ぎたかと思った量をぺろりと平《たい》らげた。洗い物をすませ、仲間外れにするわけにもいかず、もう一食分作っておいたオムライスを冷蔵庫に入れて、翔悟と一緒に風呂に入る。

夜崎の帰宅は、さてどうやって布団を敷こうかと悩んでいる時だった。翔悟がとたとたと嬉しそうに玄関に駆けていく。

「おかえりなさい」

「おー、翔悟、まだ起きてたのか、ただいま」

「さっきまでうとうとしてたんだ」

ひょいっと片手で翔悟を抱き上げる夜崎に、暁は渋い顔で漏らした。

髪の毛先に残る湿り気とパジャマ、それにつま先までぬくぬくとした翔悟の体温で、夜崎も状況を読み取ったらしい。

「寝るとこだったか」

「子供にはもう遅い時間だ」

「だなぁ」

「……ねない」

　ぽつりと翔悟が呟いた。

「翔悟？」

「へいき、おきてる。ねない」

　聞き分けのいい翔悟が初めて首を横に振った。

「でももう寝る時間だろう」

「ねむくないから、へいき」

　宥《なだ》めてみてもきっぱりと言い切られて、夜崎を睨む。寝る流れになっていたのに、台無しではないか。

「なんだ、翔悟は寝ないのか？　俺とあきちゃんはもう寝るぜ？」

「えっ」

「え？」

　驚きの声は、暁と翔悟の二人分だった。

　上がり込んだ夜崎は翔悟を腕に抱いたまま、反対の肩にかけていた荷物を下ろすと、そちらの手で暁の腕を掴んで寝室に入る。暁の布団とくっつけて敷かれた子供サイズの布団に翔悟を下ろし、反対側に自分の布団を敷くとさっさとその中にもぐり込んだ。寛いだ体勢で暁に視線をよこす。

そういうことか、と暁も己《おのれ》の布団にもぐり込んだ。「え、え」と翔悟が両脇を見る。

「翔悟はまだ起きてるんだったな」

「なら俺たちは先に寝るわ」

「おやすみ」

「ふっかふかの布団もいいな。夢見が良さそうだ」

駄目押し、とばかりに目をつぶって寝入るフリをする。

「ぼくもねるっ」

立ち尽くしていた翔悟が急いで布団にもぐり込んだ。薄目を開けて夜崎と視線を交わす。

布団からこっそりと出てきた指が作戦成功、とばかりにVサインを送ってきた。

しばらくそうしてじっとしていると、やがて小さな寝息が聞こえてきた。そぅっと目を開けてみる。片手を枕元に投げ出すようにして薄く唇を開け、翔悟は眠っていた。

殺人現場から保護されて、今日会ったばかりの他人の家に連れてこられたのだ。大人だって憔悴《しょうすい》する。かなり疲れていたんだろう。夜崎も目を開け、首だけ持ち上げて「寝たか?」と声は出さずに聞いてくる。暁は頷き、物音を立てないようにそろりと布団から抜け出した。後ろに夜崎が続く。

静かにドアを閉め、詰めていた息を吐き出すと肩の荷が下りたような、そのくせどっと重くなるような感覚に見舞われて、暁は自分もかなり気を張って接していたんだと気づかされた。

「俺の荷物、どこに置けばいい？」

あっけらかんとした夜崎の変わらなさが、今は頼もしく聞こえた。

「リビングに翔悟のを置いてある。その近くに置いておけ。散らかすなよ」

「へいへい」

もう少し多くなるかと思っていたが、夜崎の荷物はボストンバッグ一個分でコンパクトにまとめられていた。

荷物を下ろした夜崎はファイルを手に、ダイニングテーブルで待ち構える暁の前に座った。事件の捜査資料だ。

大きな動きはなかったが、事件関係者の情報がすでに揃っていた。

殺されたのは梁川始、二十五歳。死因は包丁で心臓を刺されたことによる出血。梁川はやはり危険ドラッグの密売をしていたらしい。殺されたのもそれに絡んだトラブルが原因だろうと捜査が進められている。

事件現場となった部屋の借主である比留田結奈、二十二歳がなんらかの事情を知っていると見られ、現在も行方を捜索中。まだ発見には至っていなかった。勤め先であるソープランド『キャッツアワー』は本日も無断欠勤していた。

「ソープ？　キャバクラじゃないのか？」

「系列店の『キャッツワン』ってキャバクラにもたまにヘルプでは入ってたみてぇだが、メインはソープの方みたいだぜ」

「そうか……」

「借金があったとか生活が苦しいとかじゃなくて、そっちの方が稼げるからだとよ」

「別に、理由なんて聞いてないだろう」

一瞬、比留田親子に抱いた母子像を見透かされた気がした。

貧乏ながらも身を寄せ合い、互いを思い合って暮らす母子。水商売で昼は寝て過ごし夜はいない母を健気《けなげ》に待つ息子と、可愛い息子の為に身を粉にして働く母親。そんな慎ましい生活を送っていたのに犯罪に巻き込まれたというものだ。

だめだ、捜査に先入観は禁物《きんもつ》だ。

首を振って比留田親子のことを頭から追い出し、報告書の続きに目を通していく。結奈には男がいたらしいことが、何人かの証言で判明していた。行野蓮人《ゆきのれんと》、二十四歳。やはり薬物絡みで逮捕歴のある男だ。梁川の出入り先で二人が一緒にいるところも目撃されている。行野も昨夜から連絡が取れなくなっていた。結奈と一緒にいた男は、行野と見て間違いないだろう。

「梁川と行野、二人の間でなんらかのトラブルがあったと考えるのが妥当《だとう》か？」

そうなれば個人的な怨恨《えんこん》の線も考えられる。

暁の呟きに顎の無精髭を擦りながら夜崎が頷く。

「ああ。何日か前にも二人が路上で言い争ってたって証言があった。盗んだだの返せだのって物騒《ぶっそう》な内容だったそうだ」

「そうか。……梁川が行野と話す為に比留田結奈のアパートを訪れ、そこで口論がエスカレートし殺害、か」

「もしくは殺す目的で行って返り討ちもあるかもな」

どちらにしろ、梁川が殺された結論を見るに、穏やかな目的ではなかっただろう。

明日になれば出勤前でいなかったソープの仕事仲間への聴取《ちょうしゅ》も出揃う。そうなったら重要な関係者の洗い出しも完了する。今後はそれらの情報を元に二人の捜索と、売人をしていたならクスリの製造元を割り出すのも並行して捜査が行なわれることになる。

一通りの報告を聞き、資料をテーブルに投げ出した。

「そっちはどうだった?」

「貴様が出掛けた後も特段変わりはなかった。リュックは相変わらず他人に触られるのが嫌みたいだな。だがそれ以外は素直に言うことを聞いて良い子にしていた。夕飯のオムライスも完食した」

「へえ、オムライス。あきちゃんが作ったのか?」

なぜか夜崎が食いついたのは、翔悟の様子ではなくそっちだった。

「それくらいは作れる」

「別にメシマズだなんて思ってねぇって。にしても翔悟の奴、小さくても男だな。美人に胃袋から掴まれたか」

「人聞きの悪いことを言うな。食わせないぞ」

「………俺の分もあるのか」

まったく期待していなかったのか、夜崎に真顔で聞き返される。言うんじゃなかった。

暁は急激に恥ずかしくなった。

「ない」

「あるんだな」

顔を背け、席を立つ。ガタガタと夜崎も立ち上がった。

「ない。今なくなった」

暁は耳を塞いで背中を向けた。

気がつけば日付が変わろうとしている。普段からすればまだ早い時間だが、もう今日は寝てしまおう。夜崎が自分の作ったオムライスを食べるのを見ているなんて出来ない。しかも「美味しい」なんて感想を言われたら……想像だけで机をひっくり返したくなった。

耳の先端が熱い。なんだ、この辱《はずかし》めは。やっぱり夜崎の分なんて作るんじゃなかった。

「どこだ、冷蔵庫の中か」

人の気も知らず、夜崎がどたばたと台所に向かう。ガパッと冷蔵庫を開けるのに、暁は耳だけでなく顔も熱くなるのを感じた。

「なあ、あきちゃん、これ食っていいんだよな？」

「………不味《まず》くても苦情は受けつけんからな」

手作りオムライスなんて学生ん時ぶりだ、と目を輝かせる夜崎が翔悟とダブって見えて、暁は不覚にも可愛いところもあるじゃないかと思ってしまった。

夜崎が食べ始める前に「もう寝る」と逃げ出すことにした。スプーン片手に電子レンジの前で腕組みしている男が振り返る。

「ああ、おやすみ。俺もこれ食って風呂入ったら寝る」

その言葉に、ひとつの懸念《けねん》が浮かび上がってきた。いやさすがのこいつでも、と否定し、いやでもこいつだぞ、と疑いは拭えない。

「なんだ、やっぱ食うなっつっても食うからな？」

唇に指を当て、じっと凝視する暁に皿を取り出した夜崎が問う。ここはやはり、はっきりさせておくべきだろう。

「確認しておきたいことがあるんだが……」

大口を開けてオムライスを頬張りながら夜崎が視線で先を促す。

「貴様、ペドフィリアの気はないだろうな？」

ぶほっ、と夜崎が米粒を飛ばした。

「……っ、おま、お前なぁ！」

盛大《せいだい》に咳き込んで、どうにか口を空にした男が涙目で睨みつけてくる。それは本気であきれている顔つきだった。

どうやら翔悟におかしな食指《しょくし》が伸ばされることはないようだと安心する。そうなればもう用はない。

「ないならいい。テーブル、絶対に除菌ティッシュで拭いておけよ」

「俺の下半身にだって年齢制限はあるっつぅの！」

去り際、夜崎の主張が背中を叩く。

寝室のドアを開け、暁は隙間なく並べられた三組の布団を眺めた。翔悟はすやすやとよく寝ている。不思議なもので、子供の寝顔はこちらの心まで安らかにしてくれる。暁は布団からはみ出た翔悟の手をそっと中に仕舞った。そうして端が重なるようにくっついている夜崎用の敷布団を見る。

あいつの下半身には年齢制限しかないのか……。

偉そうに叫んでいたが、褒められた主張か？　この一ヶ月で暁が見る羽目《はめ》になった夜崎とそういう関係だろう者たちを思い出す。……とても褒める気にはなれない。

暁は少しだけ、自分と翔悟の布団から夜崎のそれを離して寝た。

＊

三人での同居生活は、覚悟していたよりもずっと順調だった。生活習慣の面でいえば、翔悟に合わせて規則正しくなった分、この一週間で大幅な改善を果たしたと言っていい。

仕事に翔悟を連れて行くわけにはいかないので、午前中が夜崎、夜に夜崎が帰宅するまでの間は暁と、分担して翔悟の面倒を見ていた。

不安しかなかった夜崎も、暁に対しては相変わらずセクハラじみた接触はあるが、寝込みは襲われていないし、部屋を散らかすような真似もされていない。翔悟の頭を撫でる手や抱き上げる腕は、暁よりもずっと慣れていて優しく見えた。

それに一番意外だったのは、料理の腕前だ。冷蔵庫に残っていた食材で茶碗蒸《ちゃわんむ》しを作って出された時は、自分のマグカップの中に満たされた柔らかく優しい色のそれと夜崎の顔を二度見して「本当に貴様が作ったのか？」と聞いてしまった。

聞けば学生時代に居酒屋でアルバイトをしていたという。タマネギをあっという間に刻み、魚も難なく三枚に下ろす手つきはベテラン主婦も顔負けの技だった。自宅の炊飯器で炊《た》かれた栗ご飯が食卓に並んだ日、暁は台所を自由にする権利を夜崎に与えた。

翔悟は好き嫌いすることもなく――ピーマンも涙目になりながら頑張って食べる――ご飯を食べ、風呂を嫌がることなく入り、構ってやれない時も一人でお絵描きをして遊んだ。

唯一、寝る時だけは三人揃って布団に入ってやらないと寝なかったが、寝つきは悪くないので三十分もすれば朝まで起きない深い眠りに落ちていった。

「はっ？　あんだろ？」

「あるわけないだろう」

夕食までのルーティンを終え、三人でのんびりとテレビを見ていた。暁も見たことのあるアニメの最中「俺もやったなぁ」と夜崎が懐かしそうにアホなことを言い出した。

「嘘つけ。鉄棒からチンコプターってちんこ振り回して飛び降りたら怪我《けが》した経験、男ならあんだろ」

「二度も言うな。あるか、馬鹿野郎」

お前マジかよ……とまるで暁が変人みたいにじろじろと見てくるが、どう考えても変人は夜崎だ。幼稚園でも小学校でも、そんなふざけた理由で怪我をした友人はいない。

「じゃあ、ジャングルジムから天気雨つってションベンまき散らすのは？」

「どんな幼少時代を送ってるんだ」

「普通だろ、普通。翔悟もしたことあんだろ？」

夜崎が胡坐の中にすっぽりと収まっている翔悟を見下ろす。

体格差の分、夜崎の方が暁より胡坐をかいた時のスペースが広いし、上半身についた筋肉量も多い。それはそのまま座り心地に直結しているらしく、こうしてリビングで寛ぐ時は夜崎の膝が翔悟の定位置になっていた。

「……ない」

ふるふると首を振った翔悟に夜崎はまたも愕然《がくぜん》とした。本気で同意を得られると思っていたのがいっそ憐《あわ》れだ。

「マジか……。蟻《あり》の巣にションベン洪水《こうずい》したりしねぇのか」

「……しない」

暁は夜崎の膝から翔悟をかっさらい、ぎゅっと抱き締めて勝ち誇った笑みを浮かべた。

「そら、みろ」

最近の口論――というほど高尚《こうしょう》なものでもないが――は、翔悟がどちらの味方につくかで勝敗が決まっている。昨日の、朝はまず歯を磨くか顔を洗うか論争は洗顔派の夜崎に軍配《ぐんばい》が上がった。

「アリさん、かわいそうだよ」

「マジかあ」

がりがりと後頭部を掻き、夜崎がぼやく。

「最近のガキは上品になっちまったんだなぁ」

「今も昔もあるか。貴様が飛び抜けて下品なんだ」

「そこは子供の無邪気《むじゃき》な残酷さってやつでだな」

「黙れ。品位がないのに変わりがあるか。さあ、翔悟、あんな奴は放っておいて風呂に入ろう。夜崎、俺たちが出てくるまでに食器を洗っておけよ」

「へいへい」

最初から賭《か》けをしての勝負ではないが、敗者は勝者の仕事をひとつ肩代わりするのがルールになっていた。夜崎はまだ不服《ふふく》そうにぶつぶつと零していたが、シンクの前に立ったので、風呂上がりには綺麗《きれい》に片付けられているだろう。

翔悟と二人、十分に温まって出るとパンツ一枚になった夜崎が脱衣所に立っていた。

「邪魔《じゃま》だ、夜崎」

くっきりと六つに割れた腹の隆起を羨《うらや》ましく思いつつ、「狭い」と追い出そうとしたのに、夜崎は退くどころかパンツまで脱いで素っ裸になった。

「はいはい、ちょっと失礼」

男二人と子供一人が収まるには狭い脱衣所で仕方なく端に身を寄せる。

「あと五分待てないのか、きさ、まぅあっ！」

すれ違いざま、腰に巻いたタオルの上から尻を鷲掴まれて小言《こごと》の語尾が情けなくひっくり返った。

「やっぱ、あきちゃん良いケツしてんなぁ」

「夜崎ぃ！」

わきわきと尻たぶを掴んだ指を開閉する夜崎は暁の拳が届く前に、さっと浴室に逃げ込んでドアを閉めた。行き所を無くした拳がわなわなと震える。

治まらない怒りで口端をひくつかせながら翔悟を見ると、彼はぷりんと柔らかい自分の尻を凝視していた。

（ほらみろ。貴様が俺の尻だけ揉んでいくから、翔悟が気にしてるじゃないか）

「大丈夫だ、翔悟。お前のお尻も柔らかくていいお尻だからな」

フォローをしてやったというのに、風呂の中からげらげらと大笑いされて、暁は腹いせに浴室の電気を消してやった。喚《わめ》く声を無視して脱衣所を出る。いい気味だ。

「あきらくん」

「どうした？」

布団を敷いていると、白いシーツで覆った敷布団の真ん中に座った翔悟に呼ばれた。暁の注意が向いた途端、翔悟は頭と足を抱え込むようにして丸まる。

「おむすび！」

その状態で翔悟が発した一言に暁は目をしばたき、意味を理解して思わず噴き出した。

翔悟が今日着ているパジャマは赤地にパトカーや消防車、ショベルカーといった車両がプリントされた物だ。つまり敷布団が白米で、翔悟が具材の梅干《うめぼ》しらしい。

先日、夜崎に簀《す》巻《ま》きにされ「かっぱ巻き」――その日は緑地のパジャマだった――にされたのがよほど楽しかったらしい。ちらりと腕の隙間から瞳が覗く。

くつくつと肩を震わせて笑いながら、暁はちょうどよく黒色だった毛布を広げると翔悟ごと布団に被せた。

「だったら海苔《のり》を巻いて食ってしまおうかな」

がばりと覆い被さって毛布の上からくすぐる。丸まっていた翔悟が歓声をあげて手足をばたつかせた。

「なんだ、夜這《よば》いか？」

もみくちゃになって遊んでいたら、半裸の夜崎がひょいっと覗き込んできた。

「おむすびごっこしてたの。あきらくんにたべられちゃった」

毛布から這い出した翔悟が、笑い声混じりに報告する。

「ははーん、さては梅干しだな」

「あたりー！」

白い敷布団に黒い毛布、それに赤地のパジャマを着た翔悟。夜崎の答えに翔悟が頭上で大きな丸を作る。

「さあ、おやすみだ」

まだ遊びたがる翔悟を宥めて布団にもぐりこむ。今朝干した布団はふかふかとして温かい。ぽんぽんと布団を叩いてやると、翔悟は安心するのか寝つきがいい。深く緩やかになっていく呼吸を聞いていると、自然と暁の唇に微笑みが浮かんだ。

翔悟を挟んだ反対側で、夜崎もずいぶんと穏やかな眼差しをしていた。彫の深い男はそうしていると年齢以上の落ち着きと貫禄《かんろく》がある。

いつもこれくらい落ち着いていればいいものを。

言ってやるつもりはないが、こういう夜崎は嫌いではない。ためらいなく抱き上げ、暁では思いもつかない遊びを仕掛けて翔悟を興奮させる姿も、悪くない。

仮初《かりそめ》の親子ごっこだったとしても、翔悟が楽しい記憶として覚えていてくれるといいな、と願ってしまう。

「……き、…ん……、きちゃん…、あきちゃん」

翔悟の寝顔を眺めながら寝かしつけていたはずだったのに、気がつくと思わぬ近さに夜崎の顔が迫っており、息を飲んだ。危うく顔がぶつかる距離だ。

「起きたか?」

状況が飲み込めず混乱しかけた意識が、その一言で記憶を取り戻す。いつの間にかうつらうつらとしてしまったらしい。時計の時刻が記憶より十分飛んでいる。

「……ああ、すまない」

かすかなミントのにおい。夜崎が愛用している歯磨き粉のにおいだ。控えめな声量でしゃべる夜崎の呼気《こき》に混ざるそれを嗅ぎ取り、小さな動揺が生まれた。気づかれないよう肩を押して距離を取る。翔悟を跨ぐような形で、こちらに身を乗り出していた夜崎はあっさりと身を引いた。

先に布団を抜け出した夜崎は、台所でインスタントコーヒーを淹れていた。案外甘党な男はスプーンに山盛り一杯の砂糖と牛乳をマグカップの縁ぎりぎりにまで注いだ。

こんな時間にそんなものを飲んだら虫歯になりそうだと顔をしかめたが、暁は何も言わずにおいた。別に夜崎が虫歯になろうが自分には関係のないことだ。

「あきちゃんも飲むか？」

「………その呼び方はやめろと言ってる」

もはや改善を諦めている形ばかりの抗議に、夜崎が吐息で笑う。寒くなってきたというのに、夜崎はスウェットのズボンと薄手の長袖シャツ一枚をパジャマにしていた。暁と同じLサイズだが、夜崎の足は暁よりも十センチ以上は露出している。悔しいことにそのまま二人の身長差分だ。夜崎はモデルも顔負けで足が長い。上半身の肩幅は暁よりひとまわり大きく、布越しでも逞《たくま》しさが分かる。

「ほら」

両手に持ったマグの片方が暁の前に置かれた。まくった袖から伸びる腕も血管が浮かび男らしい太さを持っていた。

「少し濃い目にしといたぜ」

インスタントだから安っぽい味だが、濃い苦みは眠りの残滓《ざんし》を追い払うにはちょうど良かった。

「それで、午後はどうだった」

向かいに腰かけた夜崎が一口飲むのを待ってから暁は問いかけた。あち、と零して夜崎が顔をしかめる。牛乳が入っている分、暁のコーヒーよりぬるいはずだが、夜崎はけっこうな猫舌《ねこじた》だ。

「これといった収穫はゼロ、だな」

「そうか」

夜崎の口角が下向く。半ば予想していた答えとはいえ、暁も落胆を短いため息に混ぜた。順調な共同生活と裏腹に、捜査の進展状況は芳《かんば》しくない。

ドラッグの供給元と逃げた二人に関しての情報がほとんどないのが大きな原因だ。結奈と行野の足取りは、事件当日、それらしき男女がタクシーから降りる姿が隣町の駅前防犯カメラに映っていたのを最後に、ふっつりと途切れている。

バイクや車の盗難報告もなく、二人と親しいとされる関係者を訪ねた形跡もない。

追い詰められた人間が取る行動は、割と分かりやすい。誰も自分を知らない遠くへ逃げるか、あるいは土地勘のある場所に潜伏《せんぷく》するかのどちらかだ。

捜査関係者の間では、彼女たちはまだ近辺《きんぺん》にいるのではないかと睨んでいた。なぜなら翔悟がいる。結奈が——母親が子供を置いて逃げるとは考えにくい。

自宅のクローゼットには結奈の物だけでなく、翔悟の服も多数仕舞われていた。聞き分けの良さに懸念していた虐待《ぎゃくたい》の形跡はないし、身長や体重も平均値内だ。

お絵描きが好きな翔悟に、結奈は豪華なクレヨンセットとお絵描き帳も与えていた。

夜の仕事で不規則ではあっただろうが、可愛がっていたのはそれらからも容易に想像がつく。

警察が翔悟を保護しているのは結奈も承知しているだろうから、数日でなんらかの動きがあるだろうと芽村は考えていたようだ。ところがいまだになんの連絡もない。そうなると結奈も殺されたのではないかと考え始めてしまう。

不審死の報告が入る度に、暁はぎくりと身体を硬直させているが、幸いまだそれらしき遺体が出た報告はない。

また、ドラッグ方面からの捜査も難航《なんこう》していた。危険ドラッグのやっかいなところは、誰でも知識さえあれば簡単に製造できてしまう点だ。元締めが暴力団でないことも多く、その場合、密造元を探すのが難しい。

結奈の勧めていたソープの女の子たちが何か知っていると睨んでいるのだが、聞き込みの焦点がドラッグになると判で押したように全員が「そういうのはよくわかんない」と口を閉ざす。店が密売に絡んでいる可能性も考えて、客にそういう薬を勧められたりしたことはないかと聞き込みをしたが、それらしい話は出てこなかった。

「やはり連れていかなければだめか」

「だろうな」

諦めと悔しさが声に滲んだ。いつもは軽口が多い夜崎の口も重い。

今日の昼、暁と夜崎は芽村に呼ばれ、翔悟を関係場所に帯同《たいどう》しろ、と命じられた。ドラッグ密売の関係者の目を気にして、店の者たちが口を噤んでいるなら、近くに密売組織の者がいるのかもしれない。結奈が関わっていたのなら、翔悟もその者を知っている可能性がある。もしくは翔悟が刑事といるのを見て、動揺するようなあやしい奴がいないか、探れというものだった。

これまでは護衛と監視の意味合いで翔悟を保護していた。事件を目撃しているなら命を狙われる可能性もある。その為に暁と夜崎が交代で面倒を見るという、半ば匿《かくま》うような形をとり、翔悟を事件の関係場所には連れていかないようにしていた。

手詰まりの捜査がひとつでも進展すれば、と必死になっているのは全員同じだ。だがその為に小さな子供を囮に——危険に晒すのはこちらのエゴではないか。

悩む暁たちに提案を受け入れさせたのは、芽村だ。

「翔悟君を警察の都合で利用したくない考えは分かる。だがな、このまま長引けば不幸のしわ寄せ食らうのは翔悟君なんだぞ」

夜崎と共に翔悟を預かっていられる期限は決まっている。それまでに解決しなければ翔悟は児童養護施設に入ることになる。そうしたら自分にどれだけ翔悟を守れるだろう。犯行現場で血まみれで絶命していた男の姿が、翔悟にすり替わる。そうはならなかったとしても、犯罪者の息子といじめられ唇を噛み締めて涙を堪える姿が見えるようだった。

ぽん、と夜崎に肩を叩かれた。次から次へと悪いことばかり渦巻《うずま》いていた思考が中断される。顔をあげると、に、と不敵な笑みを浮かべる夜崎がいた。

「こんな男前な刑事が二人で護衛してんだ、そこに襲い掛かろうってバカはいねぇだろ、大丈夫だ」

自分で男前、と言うのはどうかと思うが、夜崎の言い分にも一理《いちり》ある。

それでも避けられるならば避けたかったが、今日も捜査に進展はないまま一日が終わってしまった。

「小さい子供を風俗街に連れていくのは気が進まないな」

危険にばかり重きを置いていたが、明日の聞き込み先をリストアップしながらため息をついた。大体、職場がソープランドだ。子供の教育上、不健全この上ない。

「前向きに考えようぜ。四歳のガキにとっちゃ銭湯《せんとう》もソープも似たようなもんだろ」

「全然違うだろう」

「そうかぁ？　裸のねーちゃんがいっぱいいて泡泡《あわあわ》すんだから同じだろ」

聞き込み先は夜から営業を始める店ばかりだ。翔悟をあまり遅くまで連れ回すわけにもいかない。数日に分けていくことになるだろう。二人で重要度の高い所から振り分け、大まかな流れを決めた。

「比留田結奈から何かしらのコンタクトがあるといいんだが……」

「そう願おうぜ」

夜崎の視線が翔悟の眠る寝室へと向かう。暁も追いかけるようにそちらに顔を向けた。

ずいぶんと明るくなった。小さな我が儘も言ってくれるし、懐いてくれている。けれど翔悟の言動の端々から母親を恋しがっているのを感じる。

比留田結奈に似た背格好の女性を見つけると駆け寄っていく。スーパーに行くとお菓子よりもアルコールのコーナーを覗きたがる。リュックに詰まったお絵描き帳はいまだに見せてもらえない。「見てもいいか？」と他意なく聞いたが、翔悟は自分の体で隠すようにリュックを抱きしめて背中を向けるとふるふると首を振った。「ゆうなちゃんとぼくのだから……」と小さな体で母親との思い出をひとつも零すまいとするように抱きしめる。

広い世界でぽつん、と置き去りにされたように佇《たたず》む翔悟の後姿を見る度に、暁の胸は締めつけられた。すっかり冷めたコーヒーを飲み干す。苦さが刺々しく喉を刺激して胃に落ちていった。

＊

「きゃーっ、翔ちゃんだぁー！」

「うっそぉー！」

事務所を覗いたソープ嬢があげた歓声を皮切《かわき》りに、わらわらと他の従業員も姿を現して、暁たちはあっという間に取り囲まれた。正確には暁が腕に抱いた翔悟がだ。

刑事だけで聞き込みに来た時は、鏡越しに一瞥されるのなんていい方、顔すら合わせたくないとばかりに横顔ばかり向けていた女性まで満面の笑みだ。

「やあぁん、相変わらずほっぺぷくぷくぅ」

つんつんとネイルででこぼこの指先が翔悟の頬をつつく。爪で傷つけやしないかとハラハラしたが、柔らかく翔悟の頬を窪《くぼ》ませるだけだった。

「ゆきちゃん」

翔悟は笑顔でそのソープ嬢の名前を口にした。

「翔ちゃんにあげようと思ってた服持って来てたんだよ、ちょっと待ってね取ってくる」

ぱたぱたとスリッパの軽い足音が店の奥へと消える。

「しょうちゃん、お腹空いてなぁい？　ポテチあるわよ、それともローストビーフサンド食べる？」

「たべる」

「おっけー、それじゃあ私と半分こにしよ」

床に下ろされた翔悟は、ぎゅっとキャミソールだけの胸に抱き込まれても慌てることなく、「みかちゃんのおっぱいー」と顔を擦りつける。

「あ、美香《みか》、あんただけずるいわよ。あたしも翔ちゃんハグするぅ」

「私も私も」

「翔悟、モッテモテだな、お前」

感心した夜崎の声は羨ましそうだ。

「だって翔ちゃんはみんなのアイドルだもん。ねー、翔ちゃん？」

「アイドルー」

美香と呼ばれた子と見つめあい、翔悟はピースサインの手を目元に持って来ると体ごと斜めになってポーズを決めた。

「かわいいっ！」

「撮るからもっかいやって、もっかい」

　キャーキャーとそれこそアイドル並の歓声に包まれる。車中で行先を告げた際、「ゆうなちゃんのおしごと見にいくの？」と言った翔悟に、比留田結奈が仕事場に翔悟を連れていっていたのを知ったが、ここまで歓迎されるとは思ってもいなかった。

　開店前の準備で忙しい時間帯だというのに、次から次へと女の子が翔悟に会いにやってくる。ローストビーフサンドを頬張る翔悟の口端についたソースを拭う子の反対側では、ドーナツを持った女性が「これも食べる？」と気を引こうとしている。

　微笑ましい光景とは裏腹に、どの子もスケスケでひらひらした下着みたいな格好だ。直視するのが気まずいフリをしながら、暁は視線をあちこちにさまよわせた。分かりやすくあやしい動きを見せている者はいないようだ。

「翔ちゃんはあんたたちが面倒見てんの？」

　カチ、とライターの着火音に顔を向けると、煙草《たばこ》を指に挟んだ女が探る目つきでこちらを見ていた。真っ先に翔悟を撫でくり回した女性だ、胸元の名札には雪《ゆき》と丸っこい字で書かれている。

「ああ。事件現場にいるのを警察で保護した」

「んで、今は俺たち二人で預かってる」

「ふぅん。ねえ、翔ちゃん」

いまいち信用していない目つきのまま、雪はドーナツをかじる翔悟に顔を寄せた。

「なあに、ゆきちゃん？」

「このおじさんたちにいじめられたりしてない？　平気？」

「へいき」

こっくりと頷いた翔悟はドーナツを膝に置いて、うんしょと引き寄せたリュックを開ける。そこからお絵描き帳を取り出すと、「これ」と自分が描いた絵を雪に見せた。

「あきらくんのオムライス。それで、これがゆうごくんのおめめハンバーグ」

「目玉焼きハンバーグ、私も大好きー」

ソファの後ろから覗き込んだ女の子が「刑事も料理するんだねー」と妙な感心をした。

「へえ……」

雪も意外そうに暁と夜崎を交互に見比べる。ついでに「どっち？」と翔悟に聞いた。「あきらくん、ゆうごくん」と順に指差され、「あんたがオムライスで、あんたがハンバーグ」と妙なあだ名をつけられた。だがこちらを見る目つきはさっきより警戒心が緩んでいた。

「ちゃんと保護してくれてたんだね。翔ちゃんのこと、テレビでも全然話題に出ないし、刑事もなんにも言わないから心配してたんだ」

「ははぁ、だからあんたら喋りたがんなかったのか」

顎の無精髭を擦りながら、夜崎が得心顔《とくしんがお》で頷く。

「だって、変に喋って翔ちゃんになんかあったらいやだもの」

「翔悟はよくここに連れて来られてたのか？　ずいぶんと……馴染んでる」

「よく、っていうか、ほぼ毎日。結奈が仕事ない時でも連れてきてたわよ」

「仕事がない時でも？」

「そ、男とデート行く時とか」

「次の仕事に入るまで置きっぱなしとかよくやってたよね」

「完璧、託児所《たくじしょ》代わりよね」

「アラコン行く時は連れてってたよ。子供がいるとファンサいっぱいもらえるからって」

「えーっ、それってもしかしてドームでやったやつ？　その時、翔ちゃんが風邪《かぜ》引いたからって言われてシフト変わってやったんだけど、何それマジムカつくー」

先日、聞き込みに来た時とは段違いに彼女たちの口は滑《なめ》らかだった。次々と飛び出してくる結奈の話は、それまで暁が抱いていた比留田親子のイメージとは悉《ことごと》く逆を行くものばかりだ。このまま結奈について詳しく話を聞きたいが、翔悟の前では憚《はばか》られた。

どうするべきか、と悩んだ暁の靴がコツリと蹴られる。夜崎だ。視線が一瞬ぶつかり、ゆっくりと夜崎の方から外される。

「すまん、ちょいと腹具合が良くねぇ」

腹部を擦りながら、夜崎がのっそりと立ち上がった。

「翔悟、トイレの場所教えてくれねぇか」

「うん、こっち」

女の子たちの中から翔悟を連れ出す。去り際の目配せに暁も長めのまばたきで、分かっているると返した。この隙に、比留田結奈の話を聞き出すつもりだ。

「比留田結奈が今どこにいるか知らないか。立ち寄りそうな所でもいい」

暁は端から順に見渡していき、最後に雪に視線を戻した。

「あたしたちもそこまで仲良かったわけじゃないから」

雪は肩をすくめ、新しい煙草に火をつけた。

「キャッツワンで働いてる愛《あい》ちゃんならなんか知ってるかも。結奈、キャバクラのヘルプもよく入ってたから、それで仲良くなったみたい。翔ちゃんも一番懐いてたし」

「わかった、ありがとう、行ってみる。それと——」

暁はポケットから名刺を取り出した。名前と直接暁に繋がる連絡先が書かれている名刺だ。それを全員に渡す。

「もし比留田結奈から連絡があったら教えてくれないか。翔悟のこともきちんと保護しているから心配しなくていいと伝えてほしい」

「ん、オッケー。でも翔ちゃんのことはどうかなぁ」

雪が曖昧に濁《にご》して苦く笑う。

「どういう意味だ?」

「あの子、可愛がってたとは思うけど、……ねぇ?」

「うん、そう。……だよねぇ?」

暁を除け者に、名刺を受けった彼女たちは目線を交わして、ね、と頷き合う。翔悟が戻ってこないのを確認して一人が口を開いた。

「ブランドバッグ感覚、っていうか」

すると別の子もそれに続いた。

「可愛いからお気に入り、っていうか?」

「そんな感じだと思うよ。ぶっちゃけ私たちもそうだもん」

「無責任に可愛いーってできる、あったかいぬいぐるみみたいな」

わかるー、といくつも同意の声が上がった。

「ムカつく客の後とか、翔ちゃんのことぎゅーってするとすっごい癒される」

「アニマルセラピーみたいな効果あるよね」

「正直、結奈ちゃんが翔ちゃんと一緒に逃げたんじゃないって分かって、やっぱりって思っちゃった」

「男と逃げるのに、重たいバッグ増やしたりしないもんね」

軽やかに語られる口調とは裏腹の残酷な内容に返せる言葉はなく、暁は「とにかく頼む」と繰り返すことしか出来なかった。

ほどなくして戻ってきた夜崎から、翔悟を攫《さら》うように抱き上げて店を出た。「あきらくんもおトイレ？」と頬に触れてくる手が温かい。握り潰さないように、その手を握る。「平気だ」と返した笑みがぎこちなくなっていなかったことを願う。

外は夕焼けが空を燃え上がらせていた。

「きれーい」

「明日も晴れそうだな」

「そうなの？」

「夕焼けが綺麗だと次の日晴れるんだ」

太陽の光が雲に遮られずに届くから、とかそんな理由だったはずだ。翔悟にも分かりやすい言い方を考えたが、小さな子供の興味は目の前に分かりやすく広がる鮮やかな色彩に奪われていた。「赤、ピンク、オレンジ、サーモン」とクレヨンにつけられた名前で空に散らばる色を指差していく。今夜のお絵描きはこの空になるのかもしれない。

キャッツワンへは歩いて向かうことにした。客引きが増えてきた道は雑然として、車で行こうとすれば歩くよりも時間がかかる。

男二人が小さな子供を挟んで風俗街を歩いているのは、ともすれば浮きがちだったが良くも悪くも他人に無関心な街は、三人を見ても自分の客ではないと判断するとすぐに興味を失う。

翔悟に「どこにいくの？」と聞かれて「キャッツワンだ」と夜崎が答えるとこっくりと頷いた。足取りには迷いがなく、店の場所を知っているのだと読み取れた。

暁も一度、聞き込みに行っている。夜崎は別を担当していたから初めてだ。

「ＵＦＯー！」

「えっ？　……ああ、あれか」

「おー、すげぇな」

翔悟の一言に、通行人も「え？」と空を見上げ、子供が指差しているのが上ではなく道端だと気づくと、苦笑してすれ違う。

コインロッカーだ。その前面いっぱいにスプレーアートで宇宙と宇宙人が描かれていた。有名なＳＦ映画に出てくる宇宙人にそっくりだ。見ればその少し先の横道にあるコインロッカーもスプレーアートの餌食《えじき》になっていた。そちらは浦島太郎《うらしまたろう》とヴィーナス誕生を混ぜたような絵が描かれていた。

前回、通った時には気づかなかった。早足に通り過ぎたからだろう。翔悟の歩幅に合わせて歩いていると、いくつも新しい発見をする。

たとえば近所のスーパーに向かう道のガードレール。そこには近くの公立幼稚園に通う子供たちによって絵が描かれていた。通学路をアピールする働きかけの一環だと知ったのは翔悟と暮らすようになってからだ。

コインロッカーの近くまで来ると、翔悟は正面で足を止め「ふわぁ、かっこいいねー」と頬を紅潮《こうちょう》させた。

スプレーアートには署名のつもりなのか、隅にイラストの一部っぽくデフォルメされた数字がどちらにも書かれていた。宇宙の方が「320」で、海の方が「773」。ミツオとナナミといったところだろう。

上手いとは思うが公共物への落書きは器物損壊罪だ。見ればIDカードでも支払いが出来る、比較的新しいタイプのコインロッカーだった。いくらアートを主張したって所詮《しょせん》は迷惑行為でしかない。それならガードレールに描かれた生き物なのか乗り物なのか分からない園児たちの絵の方がよっぽど好ましい。目を輝かせる翔悟には、こういう真似をする大人にはなってほしくないな、と思う。

「翔悟」

「なぁに？」

「うちの壁に絵を描いたら尻叩きだからな」

きょとんと目を丸くして、繋いだ手をぎゅっと強く握られる。反対の手をそっと尻に当てて隠し、翔悟が神妙《しんみょう》な顔で頷く。

「へいき。かかない」

「よし」

「あー、でもあれ楽しそうだよな」

二人の会話に何かを思い出したらしい夜崎が口を挟んできた。

「あれじゃわからん」

「あれだあれ、あの風呂の壁に描けるってクレヨン？　ペンか？　洗えばすぐ落ちるってやつ。あれは俺もちょっとやってみてぇなぁ」

「でもかいたら、あきらくんにおしりペンペンされちゃうんだよ」

にんまりと好色な形に夜崎が唇を歪める。

「まあ、それはそれで楽し」

「夜崎っ」

「やっぱ叩かれるより叩く方が好きだわ」

「尻じゃなくて股間に灸《きゅう》を据えられたいのか」

翔悟の両耳をやんわりと塞いで、暁はにっこりと夜崎に微笑みかけた。

「あきちゃん、目が笑ってねぇから」

おっかねぇ、と零しながらも夜崎はくつくつと喉で笑う。

「翔悟、馬鹿は放っておいて早く行こう」

「あ、待てって。俺、場所知らねぇんだって」

「はやくはやく」

翔悟に手招かれた夜崎が慌てて追いかけてきた。

キャッツワンはビルの地下一階に店舗があった。まだ開店時間前だが、名乗って用件を伝えると中に通される。

「ここで少し待っていてください」

茶髪に片耳だけピアスをつけた男は、暁たちを店のエントランスに留めると、早足に奥へと引っ込んでいった。

壁に人気順に貼り出された写真はキャバクラそのものだが、キャッツワンの内装は絵やオブジェが多く飾られていてギャラリー風だ。

エントランスの壁には色とりどりのライトが十三本嵌め込まれた額縁《がくぶち》が飾ってある。横には小さなプレートが添えられ、『ヘブンズブリッジ』という作品名と天国へ導く十三階段を独自解釈で云々《うんぬん》と説明が書かれていた。芸術に造詣《ぞうけい》が深いわけではないので良し悪しは分からないが、うちには飾りたくないな、と思う。派手だし邪魔だ。

「すっげ、新手のキンブレ収納ボックスかよ」

「キンブレ?」

オブジェに顔を近づけた夜崎が口笛を吹く。

「ペンライト。まっゆりーん」

野太い声を出して、夜崎が右手を前後左右に振る。

ああ、なるほど、と暁にも夜崎の意味するところが分かった。アイドルのコンサートで観客が振り回しているライトのことだ。言われると、そうとしか見えなくなった。

「あ、やっぱそうだわ」

むしろ、そうだったらしい。

横から覗き込んだ夜崎が額縁の隙間に指を突っ込むと、カチカチという音と共に赤く発光していたライトが色を変えていく。

「一色じゃないんだな」

「このメーカーのは十五色だ」

「そんなに変わるのか」

つい、変化していく光の数を数えてしまう。青系だけでも微妙に色を変えて四色あった。

こんなに色があってどうするのだろう。

「曲カラーとかメンバーカラーとか、けっこういろんな色使うぜ」

「……詳しいな」

「川崎で意気投合したキャッチがドルオタでな。色々教えてくれたんだよ」

夜崎の雑学はどうにも仕入れ先がいかがわしい。なんの繋がりでキャッチと親交を深めたのかは聞かないことにした。ろくでもないことに決まっている。

「ちょっと刑事さん！　何してるんですか！」

夜崎が「お前もやってみるか」と抱き上げた翔悟にペンライトを触らせようとした時だ。店の奥から髪を後ろに撫でつけた男が血相を変えて飛んできた。

「困りますよ、刑事さーん。勝手にいじらないでくださいよ」

じろりと夜崎を睨んで、男は黄色に変えられたライトを元の赤色に戻した。一応、色の並びにもこだわりがあるらしい。

「なあ、この収納ボックスどこで買えんだ？　ダチにやりてぇんだけど」

「収納ボックスじゃありません、これはアートです、アート！　まあ、審美眼のない刑事さんには分からないかもしれませんけどね」

ふん、と鼻で笑った男は「それで」と暁たちに向き直り、翔悟を見るとひょいっと眉をあげた。なるほどね、と暁たちの訪問目的を察したらしい男は、店長の柿崎《かきざき》だと名乗る。先日も顔を合わせたが、いかにもホスト上がりの男だ。確か系列店のホストクラブでナンバーワンとなり、年齢で人気に陰りが出始めた頃にキャッツワンとキャッツアワーの店長になったと調査資料にあった。

「その子、あれでしょ。結奈ちゃんの息子君」

「そうです。柿崎さん、ご存じなんですか」

「そりゃあね、自分のところのホステスが仲良い『男』は把握してますよ。今日はいつものお絵描きはしないの？」

柿崎はつん、と翔悟の頬をつついた後、やけに熱心な視線を暁の顔面に注いできた。

ふぅん、と意味ありげに呟いて、店内に通される。

「刑事さんたち、愛ちゃんに会いに来たんでしょ？」

「ええ、彼女はもう出勤してますか」

「今日は同伴がなかったからいますよ。呼んできますから、そちらで待っててください。オブジェにはくれぐれも触らないようにお願いしますよ」

示されたのは入ってすぐのソファだ。隣の席との間に、盆栽《ぼんさい》を逆さまにしたようなガラス製の置物がある。やはりいまいち良さが分からない。

言いつけを無視し、むんずと掴んで持ち上げた夜崎が「これ、向きが逆じゃねぇの？」と上下を反転させて置き直したので、暁は噴き出すのをあわてて咳払いで誤魔化した。

「見つかったらまたあの男に小言を言われるぞ」

「こっちのがぜってぇいいいって」

「注意はしたからな」

巻き込まれないように予防線を張っておく。ほどなくして柿崎がボブカットの女性を伴って戻ってきた。

「翔ちゃん！」

彼女——愛は、暁の隣に座る翔悟を見つけると両腕を広げて駆け寄ってきた。

「あいちゃん！」

翔悟もソファから飛び降りて駆け寄っていく。

「もう会えないかと思ってたぁ！」

涙目で翔悟を抱き止める姿は、まるで母親のようだ。翔悟も「あいちゃん、あいちゃん！」とぎゅうぎゅうと抱きついて額を擦りつける。

微笑ましい光景のはずなのに、妙な寂しさを暁の中に生んだ。それは一人だけ留守番を言いつけられ、親の背中を見送った寂しさに似ていた。

「すみません、いくつかお話を伺いたいんですが」

翔悟の頬を両手で挟んで揉み込んでいる愛に申し出る。

「あ、はい」

床についていた膝を払い、立ち上がった愛はごく自然に翔悟と手を繋いだ。

夜崎と暁がソファに座り、少し間隔を空けて翔悟と愛が座った。彼女の前には大きな皿にぎっしりと盛られたフルーツが置かれていた。すれ違いざまにフロア掃除をしていた従業員に、彼女が言って持って来させたものだ。昨夜、オーダーされたものの、手つかずで残されたフルーツだという。翔悟は渡されたフォークで小皿に取り分けられたイチゴとメロンにかぶりついた。

「俺は朝川といいます、こっちは夜崎」

「こんばんは。朝川さんは先日も一度来ましたよね。夜崎さんは初めまして、かな？」

「ええ、その通りです」

商売柄か、愛はこちらの顔を覚えていた。

「最近の刑事さんって顔面偏差値高いんですね。それに朝川さん、翔ちゃんと兄弟みたいにそっくり」

こて、と小首を傾げる仕草《しぐさ》は無邪気な笑顔と相まって可愛らしいが、言葉の内容はずけずけと遠慮がない。愛は翔悟の父親についても結奈から何か聞いているのだろうか。

「よく言われます」

暁は慣れた笑みでさらりと流した。気にはなるが、今聞き出すべき情報は別のことだ。

「愛さんは……彼女と仲が良かったと聞きました」

「まあ、そこそこ良かった方、かな」

「彼らが揉めていた原因や立ち寄り先に心当たりはありませんか？」

「仲良いって言っても、あの子んちに遊びに行ったりしたことはないし……。翔ちゃん、リュック下ろさないとちゃんと座れないよ」

　翔悟は二切れ目のメロンにフォークを刺していた。言われて、皿にフォークを置き、背負っていたリュックを脇に置いてソファに座り直す。頭上で交わされる暁たちの会話に耳を傾けている様子はない。

「些細なことでもいいんです。なにか思い出したことがあれば教えてください」

　んー、と唇を閉じ、ちらりと長いつけ睫毛の奥から探る眼差しが向けられる。暁は真っ直ぐに見つめ返し、夜崎は愛が皿の端に避けたキウイを摘まんで口に放り込んでいた。

「翔ちゃんは刑事さんたちと一緒にいるんですか?」

「ええ、俺の家で一緒に住んでます」

「……護衛?」

「その意味合いもかねて」

　ただし一ヶ月だけ、とは教えなかった。愛の視線が翔悟に落ち、迷うように左右に揺れて、戻ってくる。

「詳しいことは教えてもらえなかったんだけど……あいつ、なんか揉めてたみたい」

　あいつ、とは行野のことだろう。二人の名前を言わない暁に愛も合わせてくれる。

　それが翔悟にいらぬ不安を与えない為だと、彼女も理解してのことだ。本気で翔悟を大事に思っているのだと伝わってくる。

「揉めてた、というのは？」

「あいつら、クスリ売ってたみたいなんだけど、それは刑事さんたちも知ってるんでしょ？」

「ええ」

「あの事件がある一週間前に梁川が俺まで疑われるって電話で怒鳴《どな》ってるの聞いちゃったんだ。あれ、絶対クスリくすねたんだと思う」

「どうしてそう思うんだ？」

声を潜めた愛に、夜崎が理由を問う。

「夏前から、あの子の金遣いが急に荒くなったのよね。ここのヘルプもほとんどしなくなったし。それとね、あの子にパスポートの取り方聞かれたの。海外旅行するからって言ってたけど……高飛びするつもりだったんじゃないかと思う」

捜査本部では梁川と行野の二者間で揉めていたとする線が濃厚だった。けれど愛の話が本当なら、事態はもっと大きくなる。行野がクスリを――あるいは売上を――盗んだのなら、彼を使っていた連中は今頃警察以上に血眼《ちまなこ》になって行方を探しているに違いない。警察より先に見つけてどうするかは――想像に難くない。

「ねえ、あの子たち、もうどっか外国に行っちゃってる可能性ってある？」

翔悟の頭を撫でながら愛がよこした問いかけは、憐れみが混じっていた。彼らがもう日

本にいないのなら、それは——翔悟が捨てられたのと同義だ。

結奈はその選択をするかもしれない。愛はそう思っている。だからそんな残酷なことを聞いてくるのだ。

何も知らない翔悟は、甘い果物を口いっぱいに頬張って幸せそうだ。

「……警察では彼らはまだ国内にいると考えてる」

「そっか……、うん、そうだよね」

「あいちゃん？」

自分の頬を摘まんだ愛を翔悟がふり仰ぐ。反対の頬はパイナップルでぽこんと膨らんでいた。

「なんでもなーい。翔ちゃん、愛もイチゴ食べたいな」

「いいよー、はい、あーん」

皿に載った一番大きなイチゴにフォークを突きたて、翔悟は愛の唇に運んだ。気取らず大きな口を開けた愛はそれを一口で頬張った。甘い、と愛が無邪気に笑えば、翔悟も同じように笑い返す。

「ずいぶんと仲良しなんだな」

ともすれば穿《うが》って聞こえる物言いだったが、そう響かなかったのは二人を見つめる夜崎の視線がとても柔らかかったからだ。愛が翔悟を胸の谷間に抱き込むように引き寄せる。

「だって翔ちゃんは一年前からご指名くれるあたしの上客だもーん」

「あいちゃんくるしいよぉ」

くぐもった声が愛のドレスの合間から抗議する。

「ちょっとぉ、あたしのおっぱいぱふぱふ貴重なんだけどぉ、男ならありがたがりなさいよねー」

「いきできないーっ」

「ばっか、翔悟。男ならそこで揉み返すのがマナーってもんだ、両側からぎゅってやんだ、ぎゅって」

「夜崎、馬鹿なことを吹き込むな」

「んだぁ、あきちゃんは顔ぐりぐり派か？　スケベ度たけぇな」

「するかっ」

一喝《いっかつ》した途端、盛大に噴き出された。

「……なんですか」

愛が声をあげて笑っていた。夜崎の足を踏もうと持ち上げた足を床に戻す。

「やっだ、もう、だって……っ、刑事さん、おかしすぎ」

けらけらと目尻に涙まで滲ませて爆笑される。何がそこまで笑いのツボをついたのか分からないが、夜崎の馬鹿な言動が一因であるのは疑いようがない。ぎろり、と横目で睨むとさらに笑われたので、暁は腕組みをして愛の笑いの発作が治まるのを待った。

「あー、笑いすぎちゃった……」

涙を指先で払った愛は、メロンにかぶりついている翔悟の口元を濡らす果汁も指で掬《すく》い取った。

「翔ちゃん、この人たちと一緒にいるの楽しい？」

「うん！」

「そっか……」

頷いた翔悟の肯定は愛の口を滑らかにしてくれた。

結奈とは年が近く同じアイドルグループ好きがきっかけで仲良くなったこと、キャッツワンにヘルプに来ていた時に連れてきたので翔悟とも仲良くなったこと、結奈が来ない時でも週に一、二度、翔悟は愛に預けられていたことを教えてくれた。

「この前、刑事さんが来た後、あの子に連絡してみたけど見てないみたい」

愛が見せてくれたスマートフォンの画面には、暁たちが訪問したことを伝える通信アプリのメッセージが表示されていたが、結奈が読んだと示すマークはついていなかった。

「ちなみに、行野の連絡先は知ってるか？」

「電話番号なら残ってると思う。ちょっと待ってね、……あったあった、これよ」

スマートフォンのアドレス帳に登録されている電話番号はこちらで把握しているものと

同じで、行野に関しては新しい情報は得られなかった。けれど、暁はおや、と眉をあげた。行野のアドレス帳は『お客様』とタグが付けられていた。

「彼の番号はどういったいきさつで知ったんですか？」

「あいつ、最初はここの客だったのよ。一ヶ月もしないで来なくなっちゃったけど、何度かあの子もヘルプについてたから、付き合い始めたのはそれがきっかけじゃないかな。梁川の紹介だったと思うけど」

「梁川もここに来てたのか？」

「来てたっていうか、あいつは従業員。だよねー、店長？」

愛が少し離れたバーカウンターに寄りかかっている柿崎に確かめる。スマートフォンをいじっていたが、柿崎は愛に声をかけられるとすぐに顔をあげてテーブルに近づいてきた。元気のないフリをして、こちらの会話に耳をそばだてていたのには、暁も気づいていた。元ホストでも店長を務めるだけあって抜け目のない男だ。

「初耳ですね」

暁は尖った声を柿崎に向けた。一重のつり目をさらに細くしてへらりと笑い返される。

「一週間だけですよ」

「そういうことは隠さずに教えてほしいです」

被害者の情報――しかも加害者と思われる相手との接点を隠されては、捜査に支障をきたす。

「別に隠してたわけじゃないですって。本当に忘れてたんですよ。だって一年前に一週間いただけのバイトですよ？　刑事さんたちが帰った後に、そういえばってやっと思い出したんです」

「なら連絡してもらわないと」

「名刺、失くしちゃいまして」

（なにが失くしただ、白々《しらじら》しい。捨てたの間違いだろう）

柿崎の返答は、聞かれたらそう答えるつもりだったかのように淀《よど》みない。

「その時のシフト表はありますか？　見せていただけませんか？」

「それって令状はあるんですか、刑事さん？」

ニヤついた目つきでずいっと顔を寄せられて、暁は上体を後ろに引いた。かすかにかかった生ぬるい吐息が不愉快だったが、顔をしかめるのはかろうじて堪える。

「任意だ。必要なら取ってきてやろうか？」

割って入った夜崎の声音は低く、初めて耳にするものだった。普段はのらりくらりとしている男が、その気になれば細身の男など殴り飛ばせるぶ厚い肉体の持ち主だと思い出させるに十分なドスの利いた声だ。

迫力に飲まれた柿崎が一歩退き、怯んだのを隠すように唇の片端を歪めて笑う。

「やだな、そんなにすごまないでくださいよ。警察への協力は惜しみませんって。でも古すぎるのは捨てちゃうんで残ってるかどうか……。一応、探しておきますけどね」

「そらどうも。見つけたら今度はちゃんと連絡よこせよ」

言った夜崎がジャケットの内ポケットを探り、小さく舌打ちした。

名刺を切らしたな。

察して暁は代わりに自分の名刺を柿崎に差し出した。

「連絡はこちらに。今度はくれぐれも失くさないでくださいよ」

「ええ、もちろん、大事に持っておきますよ、……朝川さん」

両手で慇懃《いんぎん》に受け取り、柿崎は芝居がかった仕草で名刺にくちづけた。まるで自分の唇にそうされたように感じて、暁は頬を引きつらせた。夜崎に文句を言っている時には感じなかったが、どうにも視線や態度が粘《ねば》っこくて不快感を刺激する男だ。

「愛さんも、何かありましたら連絡をください。どんな些細なことでも構いませんので」

「うん、わかった」

前回聞き込みに来た際、質問役を担《にな》った丸岡が名刺を渡しているが、念の為もう一度渡しておく。

するりとドレスと胸の間に名刺を滑り込ませた愛が、おしぼりで翔悟の両手を丁寧に拭く。フォークの柄を伝ったメロンの果汁が翔悟の手を汚していた。山盛りだったフルーツはほとんどない。残っているのはキウイとパイナップルが数切れ、メロンとイチゴはなくなっている。翔悟はそのふたつが好きらしい。

長居をしたせいで、店の開店時刻が迫っていた。従業員が次々と出勤してくる。捜査協力に形ばかりの礼を告げると、柿崎は「どういたしまして」と右手を差し出してきた。無視するわけにもいかず握手に応じる。

さらりと乾いている手なのに、でかい芋虫《いもむし》に絡まれているみたいだ。強く握られるのも、離す際に手の甲を指が名残惜しく撫でていくのも気持ちが悪い。ホストという職業の人間はみんなこんなねちっこい握手をするのだろうか。入れあげている女性客なら喜ぶのだろうが、暁には不快なだけだった。

「開店前の忙しい時間にありがとうございました」

「どういたしまして。翔ちゃんに会えたし、こちらこそありがと。あ、翔ちゃん、軽くだけどキウイはアレルギーがあるみたいだから気をつけてあげて」

店先まで見送りに来てくれた愛の助言に、彼女がキウイを避けていたのはそれでかと合点《がてん》がいく。

「わかった。ありがとう」

翔悟と手を繋ぎ、階段を上る。ふくふくしていて汗ばんでいる点でいえば翔悟の手の方が芋虫に近いのだろうが、すべすべした小さな手はむしろずっと握っていたくなる。

「またねー、あいちゃん」

　階段の中腹で振り返った翔悟が、ぶんぶんと手を振る。剥き出しの肩を自分で抱きしめるように腕を組んでいた愛も笑顔で手を振る。絞られた光源のせいか、愛の笑みは物悲しげに見えた。

「バイバイ、翔ちゃん」

　再訪を望まない別れの言葉が、柔らかい響きで返された。


　空はすっかり暗くなり、街は逆に明るくなっていた。ネオンライトと店の看板がここぞとばかりに光を放つ。

けばけばしさの増した風俗街は暁からすればさっさと抜け出してしまいたい場所だが、翔悟には違うらしい。猫耳をつけた女性のコスプレ看板を「ネコちゃん」と嬉しそうに指差して暁の気を引く。派手なネオンは、遊園地のパレードを彷彿《ほうふつ》とさせなくもない。子供にとって、この活気は楽しいのだろう。

「あいつとはもう会うなよ」

「……なんだって？」

　不機嫌な声が鼓膜を叩いた。翔悟のはしゃぎっぷりに気を取られていた暁は、夜崎が何について忠告をしているのか、捉え損ねた。

「だから、あの店長。柿崎っつったか。あいつとはもう会うな」

「なんでだ」

暁だって会いたいとは思わない。しかしまた会う機会がありそうな立場の男だ。

「おいマジか、おまえ、まさか気づかなかったのか。ありゃ、バイだ。明らかにあきらちゃんのこと狙ってただろ」

「考え過ぎだろう、貴様でもあるまいし」

「じゃなきゃ野郎にあんなねちっこく触るかよ」

言われて握手した時の感触が蘇り鳥肌が立つ。

不意にその手を夜崎に掴まれた。武骨な手にごしごしと手の甲を拭われる。

「トイレで洗ってくりゃ良かったぜ」

「離せ、馬鹿」

まるで手を包み込まれているような握り方だ。露出の激しい女が恋人らしき男の腕を叩き、「わっ、生ホモカップル！」と声を弾ませ指差してくる。

「やあ、どーもな」

「おい、まんざらでもないみたいに反応するな。きちんと誤解を解け」

「残念、もう行っちまったよ」

茶化した口笛を響かせたカップルは、すでに遠ざかっていた。

「貴様という奴は……っ」

「上書き消毒だって」

「汚れの上塗りだ」

振りほどいた手をこれみよがしに振って、ついでにしっしっと隣から追い払う。

「まったく……礼を言ってもいいかと思ったのに」

せっかくの殊勝《しゅしょう》な気持ちも、夜崎のふざけた態度に霧散していた。

暁と並んで歩いていた夜崎は、立ち位置を変え、翔悟の空いていた手を取った。

「サメさんとクジラさんだー！」

ぴょんと翔悟が小さく跳ねて目を輝かせる。さっき通り過ぎたコインロッカーだ。よほど気に入っているのか、ぐいぐいと前のめりにそちらへと歩み寄る。クジラ、サメ、タコ、きれいなキンギョさん、と描かれている生物の名前をあげていく。

「タコさんはクジラさんたべちゃう？」

デフォルメされた海洋生物は、右隅のタコが反対端に足が伸びるほど大きく、クジラもサメも八本の足が作る檻に閉じ込められているようだった。

「食べないよ。クジラの方がタコよりずっと大きいからな」

「そうなの？」

「翔悟は本物見たことねぇか？」

「………テレビでは見たからへいき！」

しゅん、と落ち込んだ後、それを隠すように笑みを見せるいじらしさが胸に迫る。

そうやって比留田結奈にも明るく振る舞っていたのだろうか。母親への愛情を、「我慢」することで示していたのだろうか。

「……なら本物を見に行くか」

「え？」

同情とは違う。憐憫《れんびん》でもない。ただ翔悟のいじらしさに彼が望む相手――母親――でないとしても暁は報《むく》いてやりたかった。

「今度の水曜日は休みだ。一緒に水族館に行こうか」

「すいぞくかんって、おさかなさんがいっぱいいるところ？」

「ああ、タコもいるんじゃないか。ペンギンとかアザラシのショーもある……はずだ」

語尾に曖昧さが混じったのは、暁も十年近く行っていないからだ。

まあ、でも定番だ。イルカショーやペンギンショーは時期にかかわらずやっているだろう。

「ほんとう？　ほんとうにいくの？」

「嘘をついてどうするんだ。それとも水族館は嫌か？」

「ううん、いやじゃない！」

「なら決まりだな」

微笑みかけると、翔悟は大きく開いた口をあわあわと波打たせ、つぶらな瞳を輝かせた。俯き、地面を爪先で蹴り、何をしてるんだ？　と小首を傾げていると、今度は繋いだ手をぎゅっと握ってジャンプした。勢いで上下したリュックの重さに引っ張られ、後ろに倒れそうになるのを慌てて引き戻す。

「翔悟、あぶないぞ」

「すいぞくかん！」

暁の注意なんて聞こえていないのか。また飛び跳ねて「すいぞくかん！」と叫ぶ。

「ゆうごくんもいく？　すいぞくかんいく？」

暁に向けられていた瞳が、夜崎に向けられる。うーん、と顎を擦り夜崎が申し訳なさそうに眉を垂らした。夜崎は仕事だ。

「俺は行けねぇな、でも夕方からなら合流できっから、回転寿司でも食いに行くか？」

名案だとばかりに夜崎が唇に笑みを刷く。

「悪趣味だぞ、夜崎」

「あきちゃん分かってねぇな。こいつは食物連鎖、自然界の弱肉強食を教えるっつぅ崇高《すうこう》な目的があんだよ」

「貴様が寿司を食いたいだけだろう」

「水槽《すいそう》で泳いでるやつよか、皿に載って回ってるやつのが好きなのは否定しねぇ」

「まったく、あきれた奴だな。翔悟、嫌なら別の夕飯でもいいんだぞ？」

暁としては推奨《すいしょう》できない流れだが、翔悟の意思を尊重することにした。

「ハンバーグとか焼肉がいいならそっちにするか？」

「回ってる寿司のが楽しくていいよなぁ？」

暁の提案にこちらを見上げ、夜崎の勧めにそちらを見上げる。

「かいてんずしは、おさかなさんがぐるぐるしてるやつ？」

「おー、レーンに載って翔悟のとこまで運ばれてくるんだぜ。食ったことあるか？」

ふるりと翔悟の首が横に振られた。そうなれば結論は決まったようなものだ。翔悟が気にしないのなら、暁だって強固《きょうこ》に反対する理由はない。

「なら昼に水族館に行って、夜は回転寿司を食いに行くとするか。夜崎、仕事が終わったら迎えに来い」

「任せとけ」

「おさかな！　おすし！　すいぞくかん！」

単語を叫ぶ度に、翔悟が力いっぱいジャンプする。こんなに喜ぶとは思っていなかった。

興奮で赤く染まった翔悟のほっぺたを見ながら、暁も当日が待ち遠しくなった。

＊

外は雲ひとつない快晴だった。だが風は少し冷たい。上に一枚羽織った方が良さそうだ。

朝食を作りながら、自分と翔悟の服装を考えて時計を見る。いつもなら翔悟が起き出してくる時刻を過ぎていたが、一向にその気配がない。

昨夜はずいぶんとはしゃいでなかなか寝つかなかった。そのせいで肝心《かんじん》の当日に寝坊してるな、と苦笑する。

昨夜だけではない。水族館に行くと決まった日から、翔悟の期待っぷりはすごかった。指折り数えて赤丸のついた日を待ちわびた翔悟はついに明日となった昨夜は、そわそわと落ち着きがなかった。

なにをもっていくの、くるまでいくの、すいぞくかんはおえかきしてもいいの、といくつも質問しては、リュックに入れたお絵描き道具を出して入れ忘れがないか点検し、また詰め直すのを繰り返していた。

「翔悟、そろそろ起きなさい」

晩は寝室にしている部屋のドアをノックしながら声をかけた。夜崎はとっくに出勤した。床には子供用の布団が一枚、ぽつんと敷かれているだけだ。

「翔悟、もう朝だぞ」

声をかけても、布団にくるまった翔悟はうんともすんとも反応しない。

「……翔悟？」

そんなに深く眠っているのだろうか。部屋に踏み入ると、布団を頭まで被って隠れた。寝ていない。翔悟は起きている。

「どうした、具合でも悪いのか」

あんなに楽しみにしていたのに、どうして布団から出てこないのだろうか。まさかはしゃぎ過ぎて発熱してしまったのか。

「…………へいき」

シーツが擦れるかすかな衣擦れと一緒に、かろうじて見える毛先がぱさぱさと揺れる。平気、の一言に晩は眉を顰めた。翔悟が強がる時の口癖だ。これはいよいよ体調を崩した可能性が高い。

水族館は延期か。思いの外、残念に感じている自分に驚きつつ、仕方がないと気を取り直す。水族館は元気になったら行けばいい。夕方になって出歩けそうなら、回転寿司だけ行く手もある。

「翔悟。頭が痛いのか、それとも腹か？　辛いなら水族館はまたにしたっていいんだぞ」

かたわらにしゃがみ込み、頭と思しき丸みを布団の上からぽんぽんと叩く。優しく言ったつもりだったのに、翔悟が弾かれたように布団を跳ね除けて顔を出す。

「きょう、すいぞくかんにいく日？」

「あ、ああ」

「おやくそくの日？」

「そうだよ」

「……ほんとうにいくの？」

翔悟は信じられないと言わんばかりに目をまん丸くした。昨日あんなに楽しみにしていたのに、この反応はなんだろう。まるで水族館に行くとは思ってなかったかのような反応だ。

「行くよ、この前そう約束しただろう？」

「した、けど……」

「なら行くに決まってる。約束は守らないとだからな」

ゆるゆると翔悟が泣きそうに顔を歪め、「うん」と頷いた。見守りながら、もしかしたら、と気づく。翔悟は出掛ける約束を交わしては、反故《ほご》にされてきたのかもしれない。だから布団に籠もって、約束を破られてしまうのを引き延ばそうとしたのではないか。

「……——っ、…」

ぐぅ、と喉にせり上がってきた感情がなんなのか、暁にはよく分からなかった。ただ、もうむちゃくちゃに、力任せに抱きしめてやりたくなる。

そうする代わりに暁は立ち上がると、翔悟の背中を押した。

「さあ、朝飯を食べて出掛ける準備をしよう。そうじゃないと全部まわりきれなくなる」

「ぼく、いそいでおかお、あらってくる！　すいぞくかん、たのしみ！」

翔悟がやっと暁の見たかった笑顔を見せた。


暁が選んだ水族館は最寄りの小さな水族館ではなく、何本か電車を乗り継いだ先にある海沿いの水族館だった。

そこは大きな水槽があり、屋外プールでショーも行なわれている。それに水族館の周囲には蓮池《はすいけ》や樹林《じゅりん》、人工渚《じんこうなぎさ》や遊具の揃った公園があって、水族館以外も楽しむことが出来る。

入場ゲートをくぐり、エスカレーターで下ると視界を埋めつくす水槽と悠然と泳ぐ魚たちに出迎えられた。その迫力は暁ですらも感嘆するほどで、初めて水族館に来た翔悟は大興奮だった。

暁の手をぐいぐいと引っ張って水槽に近づいていく。遠目に、銀色の幕がたゆたっているみたいだと思ったのはイワシの群れだった。その群れとすれ違うのは、尖ったヒレを持つサメたちだ。つい、フカヒレの原型、だなんて考えてしまう。思考が夜崎みたいだと気づいて暁は顔をしかめた。非常に不本意だ。

ガラス一枚隔てた海の世界は、翔悟から言葉を奪うほどに幼い心を魅了していた。目玉となっている巨大水槽も、丸くくり抜かれた窓から覗く小さな水槽も翔悟はへばりつくようにして見入った。

「翔悟、イルカショーが始まるみたいだ。プールに行こう」

翔悟が満足するまでじっくりと巡っていると、館内アナウンスがショーの開始五分前を告げた。これも翔悟は楽しみにしていた。

急いでプールへと向かう。着いてみると半円状にプールを取り囲む客席はほとんどが埋まっていた。

客が少なかったのはショーを楽しみに、みんなが早めに移動していたからだったのか。まいったな、と暁は空いている席を探した。ぐるっと奥まで視線を巡らせて、運よく隅っこの前列に空席を見つける。

「翔悟、あそこが空いてる」

暁は小走りに客席を横切り、最前列に翔悟と並んで腰かけた。座った瞬間、待っていたかのようにショー開始を知らせる音楽が流れた。

アザラシ、ペンギン、イルカと次から次へと芸が披露《ひろう》されていく。ショーの最後にプールに躍《おど》り込んできたのはシャチだ。

プールの周りを泳いで勢いをつけ、飛び上がって吊り下げられたボールを尾ひれで叩く。跳ね上がった巨体が水中に戻る。「さあ、いよいよ最後の大業です！」とボールがそれまでの倍は高い場所まで引き上げられた。

客席の誰もが固唾《かたず》を飲んで行方を見守る中、深く沈んだシャチが水面へと飛び上がった。一回転して、振り上げた尾ひれではるか高くに吊り下がったボールを見事に叩く。「あっ！」と暁は瞠目《どうもく》した。回転の勢いをそのままに、戻るというよりも落ちると表現した方が正しい体勢でシャチが派手な着水を果たす。

ざっぷん！　と波にも似た水飛沫《みずしぶき》が客席にまで降りかかってきた。

逃げる間もなく、飛沫は暁と翔悟を襲った。とっさに抱き込んで庇った翔悟は膝下が濡れる程度で済んだ。だがその代わりに暁はプールの水を頭から被ってしまった。

ぽかん、と口を開けてびしょ濡れの暁を見ていた翔悟がくふふ、とお腹を抱えて笑い出す。じたばたバタつく足元からは小さな飛沫が飛び散った。見れば目の前に「前方列はプールの水がかかる恐れがあります」と注意書きが貼ってあった。ぽたぽたと落ちた水滴が、足元に水たまりを作る。ここまで見事な濡れ鼠《ねずみ》になってしまうと、嘆くよりもおかしくなってくる。

「びしょ濡れだ」

「びしょびしょー」

鼻筋を伝う水滴を動物じみた仕草で振り落とした。

二人でまいったな、と笑い合っていたら見かねたのか、近くに座っていた子連れの女性がタオルをくれた。暁は厚意に甘えて借りることにした。翔悟の足元を拭い、自分の頭を拭う。残りは自然乾燥に任せるしかないだろうと暖房の効いた館内に移動し、休憩スペースのあるペンギンエリアへ向かう。

翔悟が早速お絵描き帳を取り出して広げる。暁は自販機で買ったパックジュースにストローを挿して邪魔にならないところに置いてやった。自分の分を飲みながら、ぼんやりとペンギンを眺める。活発に動いている個体もいれば、置物か……？　と疑いたくなるほど微動だにしない個体もいる。特にこれと言った芸をしているわけでもないのに、不思議と見ていて飽きない。

子供を見ている感覚に似ているな、と横目に翔悟を窺うと青く塗った画用紙の隅っこに赤い丸をぐりぐりと塗っていた。あのコインロッカーと同じ配置に翔悟もタコを描いていた。ただし、翔悟の赤いぐりぐりはだいぶ小さい。実物のタコがマグロより小さかったのが翔悟にはよほどショックだったようだ。つい小さな笑みを零してしまった暁に、がばっと見上げた翔悟が珍しく眉を吊り上げて怒った顔を見せた。

おや？　と思っている間に、描き途中の絵に覆い被さって隠す。

「見ちゃだめ」

「どうしてだ、上手く描けてるじゃないか」

リュックに仕舞ったお絵描き帳を見ないでと言われたことはあったけれど、描いている絵を隠されたのは初めてだった。家で描いている時は、丁寧にこれは何を描いていて、これはあれでと教えてくれることも多い。

「だめはだめなのっ」

「分かった分かった、見ないよ」

「ぜったいよ？」

「絶対だ」

外で描く絵は恥ずかしいのだろうか。

念を押す翔悟に暁は小指を差し出し、翔悟の小さな小指と指切りを交わした。

暁から隠すようにお絵描きを再開した翔悟の手元を覗きたい誘惑にかられつつ、暁は再びペンギンの水槽に視線を向けた。

事件の進展はあるようでないのが現状だった。売人同士の私怨《しえん》ではなく、クスリの横領が絡んだ殺人だったと判明したことは大きな進展だったが、では元締めが誰なのか。五課

COFFEE MILK

にも協力を仰ぎ調べているけれど、まず薬の流れがまったく掴めない。一体、梁川たちはどうやって売り捌くクスリを受け取っていたのだろう。

あやしいのは結奈と行野が出入りしていたキャバクラだ。過去の同時期に三人があのキャバクラで関わりを持っている。だが結奈たちの金遣いが急に荒くなったというここ半年は三人の出入りはほとんどない。店の関係者と接触した様子も見つけられなかった。

（元締めが分かれば、事件も解決に向かいそうなんだが……）

焦燥が無意識に表れてしまったらしい。咥《くわ》えていたストローを行儀悪く噛んでいた。ズゴッ、と下品な音が中身のなくなったパックから口の中に響いて、我に返る。

「翔悟、完成したか？」

見ない、と指切りの約束をしたから、暁は律儀《りちぎ》に視線を外したまま聞いた。それでも紙の隅っこまで丁寧に青で塗られた絵が見えた。

「うん」

黒のクレヨンを箱に戻し、お絵かき帳が閉じられるのを確認して顔を向ける。翔悟の右手が青く汚れていた。熱中して描いたんだな、と微笑ましくなる。

「完成しても見せてくれないのか？」

「………あとで」

「今は駄目なのか？」

「……だめ」

「そうか。じゃあ、あとで見せてくれ」

「ん」

つぶらな瞳がちらっと暁を見上げ、もじもじと汚れた指を捏《こ》ね合わせて照れている。何を恥ずかしがっているのかは分からなかったが、あとで見せてくれると言うならその時を楽しみにしておこう。

夜崎から、着いたと連絡があったのは予定よりも一時間ばかり遅い時刻だった。待ち合わせ場所にしていた駐車場に向かう。

日が沈み始めた駐車場内の車はまばらで、遠くからでもすぐに見つけることが出来た。夜崎もこちらに気づいて鷹揚《おうよう》に手を振る。暁も振り返して応えた。ゆったりと笑みを浮かべていた夜崎が、「お?」と眉を跳ね上げる。それを見て、自分が手を振り返したことにやっと気づいた。普段ならそんなことは絶対にしない。思いの外、翔悟と出掛けた時間を楽しんでいたらしい。

ところが夜崎の手が不自然に止まり、表情が強張っていく。どうしたんだ、と訝《いぶか》しむ間に夜崎は大股で歩み寄ってきた。

「どうした」

厳しい問いかけが翔悟に向けられた。

きゅ、と繋いでいた手を強く握られる。

「翔悟……？」

唇を噛み締めている翔悟の顔は真っ青になっていた。目敏《めざと》かったのはまたもや夜崎だ。

「それ、血か」

「えっ？」

「ち、ちがう！」

暁の手から奪うように翔悟を抱き上げ、ふくらはぎを掬い上げて踵を高く上げさせる。

上擦った声で翔悟が否定しても、靴下の踵にははっきりと赤いシミが広がっていた。

「両方ともか」

ずかずかと車まで戻った夜崎が、後部座席に翔悟を座らせてスニーカーを脱がす。右も左も、翔悟の足は血で真っ赤に染まっていた。

翔悟の顔はいよいよ色を無くし、ドアの前で跪《ひざまず》いていた夜崎は深いため息を落として立ち上がった。夜崎の背後で立ち尽くす暁の肩を叩く。

「寿司は今度だ。帰るぞ」

その発言に翔悟が弾かれたように顔をあげる。潤んだ瞳が泣き出しそうに揺れる。

「ごめんなさい、…っ」

震える幼い声は、なぜか謝罪を口にした。

＊

夜崎の運転する車は、途中で薬局に立ち寄り、常より速度を出して自宅に戻った。車から抱かれて降りる時の翔悟は大人しく夜崎に体重を預けていた。暁のことは一度も見てくれなかった。

足の状態は酷いものだった。踵の皮は捲《めく》れ、つま先も血に濡れていた。足裏には水膨れが破れた痕もあった。きっと一歩、歩く毎《ごと》に激痛に見舞われていたに違いない。

ずっと一緒にいたのに、まったく気づいてやれなかった。不甲斐《ふがい》なさに、自分を殴り倒したくなる。

野鳥を探して遊歩道を端から端まで歩いた。あの時にはもう痛みを覚えていたのだろう。翔悟の口数はぐんと減っていた。それを暁は鳥が逃げないよう口を噤んでいるのだと都合よく解釈した。

わんぱく広場に行く時も同じだ。翔悟の手が熱いのも、額にうっすらと汗が浮かんでいるのも、たくさん歩いて体温が上がったからだろうと考えた。

ブランコでばかり遊ぶのは、他の子に遠慮しているのだと思った。そうではなく、足を地面につけているだけでも痛みが耐え難かったのだ。

ダイニングテーブルに座り込んで、暁は情けなさと己への憤りに唇を噛み締めた。

その時、床がかすかに軋む音がした。足音がこちらに向かってくる。寝室で翔悟を寝かしつけていた夜崎のものだ。

「ガキはあっという間にでっかくなるなぁ」

暁の向かいに腰を下ろした夜崎の口調は普段と変わらないのんびりとしたものだった。低くゆったりとした声がこんな時はどうしようもなく優しく響くだなんて反則だ。

「履き心地は本人にしかわかんねぇからな。靴、まだピカピカだったし」

日常では靴擦れを起こさなかったようなサイズのズレだ。お前のせいじゃねぇよ、と慰められているのだなんて暁にだって分かる。

でも違う。そうではない。夜崎は知らないのだ。濡れたせいだ。そのせいで窮屈《きゅうくつ》だった靴との摩擦《まさつ》が大きくなり、あんな酷い靴擦れになってしまった。濡れたのは足先だけ、体は濡らさずに守れたと自己満足に浸って注意を怠《おこた》った。ちゃんと見てやっていれば気づいたのに。事実、夜崎は一目で見破ったではないか。

向かいから伸びてきた手に髪をくしゃくしゃと撫でられた。不覚にも込み上げるものがあって口端を下げて堪える。

ふは、と夜崎が笑う。好きにさせていた暁はなんだ、と俯けていた視線を持ち上げた。柔らかく目尻を垂らした夜崎は身を乗り出していて、思っていたよりもずっと近い場所にいる。

目が合うと、に、と口が大きく広がった。髪に鼻先が埋もれそうな距離に迫られる。不思議と嫌な気はしなかった。

「あきちゃん、海のにおいがする」

頭から海水を被ったせいだ。長く潮風に吹かれていた暁は気にならなかったが、そうではない夜崎にはよく香ったのだろう。

ふと影が落ちた。夜崎の影だ。翳《かげ》った眼差しが思わぬ真剣さを帯びている。その奥に、見慣れない感情の燻《くすぶ》りを垣間見た。

急に息苦しく感じて喘いだ暁の唇を、頭上から下りてきた親指が撫でる。

「ったく、隙見せ過ぎると……チュウすんぞ」

「なにを――」

言ってるんだ、と上擦りかけた声が、カタと響いた物音に途切れる。

「翔悟」

扉の隙間から眠ったとばかり思っていた翔悟が顔を覗かせていた。なぜかリュックを抱きしめている。

入って来ようとする翔悟に、慌てて駆け寄った。絆創膏《ばんそうこう》だらけの足は血が止まっても歩けば痛みを感じているはずだ。

「どうした、眠れないのか？」

膝をついて視線を合わせた暁に、翔悟は抱えていたリュックを押しつけた。

「翔悟？」

「これ、……」

「どうした、何か無くしたのか？」

暁の胸元にぎゅうぎゅうとリュックを押しつけながら、翔悟は違う、と首を振った。

「あ、あきらくんに……」

「……俺に？」

「ぜんぶ、見て」

「全部……？」

新しい絵は描く度に見せてくれた。しかし前のお絵描き帳は見ちゃだめだと拒否されていた。結奈ちゃんとの約束だから見ちゃだめ、と言って大事にリュックに仕舞われている。

「結奈ちゃんと他の人には見せないって約束したんだろう？」

躊躇う暁に翔悟は頷いてさらに押しつけてくる。目の縁には涙がいっぱいに溜まり、今にも零れ落ちそうだった。

「やくそくしたから……」

「なら見せたら駄目だろう」

「ぼく、だから見せるの！」

涙に濡れた声が訴える。だから、の繋がりが暁には分からなかった。

「や、くそく…、やぶってごめんなさい……」

約束。翔悟に反故にされた約束なんて――……、まさか。

「……まさか、寿司に行こうって言ってたことか？」

ひぐ、と喉をしゃくりあげる。それが答えだった。

「…、らいに、ならな、で……っ」

リュックが落ちる。自由になった両手が震えながら暁のシャツを掴み、嫌いにならないで、と必死に訴える。

荒れ狂う感情が暁の腹の奥深くまで揺さぶった。

「そんなことっ……」

幼い翔悟を加減を忘れて抱きしめた。

自分が怪我をしたせいで、予定が途中で終わった。寿司を食べに行こうと言っていたのに行けなくなった。約束を破った。だから、——自分も大事な約束を破るから、嫌いにならないで、と健気に訴える。

（そんなこと！）

こんな小さな子供が気にすることではない。足が痛いと泣けばいいのだ。行けなかったから連れていって、だって約束したんだからと我が儘を言えばいい。他の子供が当たり前にしていることを出来ず、差し出すしか手段を知らない翔悟がかわいそうだった。そうまでしても嫌われたくないと思ってくれていることが、たまらなく愛おしかった。

小さく薄い背中を撫でる。翔悟がしゃくりあげて、シャツの胸元が涙で濡れていく。

「約束守ろうとしたのか？」

そばに立った夜崎が、暁にそうしたように翔悟の頭をくしゃくしゃと撫でた。暁の胸元に額をすりつけるようにして、翔悟がこくりと頷く。

「そうか」

夜崎が誇らしげに笑んだ。

「痛かったのによく我慢したな」

不器用に息を喘がせ、泣き声はあげまいと翔悟は嗚咽《おえつ》を噛み殺す。痛々しい泣き方だ。それでも翔悟が見せた初めての涙だ。今はそれで十分だった。

ひとしきり涙を流した翔悟は、泣き疲れて暁にしがみついたまま眠ってしまった。起こさないように抱き上げて、布団に寝かせてやる。

　ダイニングに戻ると戸口にはすっかり忘れていたリュックが転がっていた。暁は迷った末に一冊抜き出して、お絵描き帳を開いた。夜崎も同じように一冊抜き出す。

　真っ白なはずの画用紙は白い部分を見つけるのが困難なほど、びっしりと絵が描き込まれていた。余白があればそこに次の絵を描き、スペースが足りなくても前の絵を塗り潰すようにその上にも新しい絵が描かれている。それも両面だ。

　六冊あるお絵描き帳は全てそんな状態で埋まっていた。その時間の分だけ、翔悟は一人の時間を過ごしていたのだ。

　ぱらぱらとめくると、ストライプ模様で画用紙が塗り潰されたページが定期的に出てきた。最初の一枚は虹《にじ》を描いたのかと思ったが、もしかしたらこれはテレビのテストパターンか。明け方に近い時間まで結奈を待って、終わってしまったテレビの画面をあの小さな部屋で一人写し取っている翔悟を想像すると胸が詰まる。

　絵は心理状態が出ると言う。結奈はネグレクトに近い育児状況が発覚するのを恐れて、翔悟に他人には見せないようきつく言いつけていたのか。

「あ、ずりぃ」

　憤る暁をよそに、夜崎が見ていたページをこちらに向けた。

「それは――……」

青で全体を塗られた絵は、翔悟が水族館で描いていた絵だ。右隅には小さな八本足のタコ、それよりもずっと大きな魚――たぶんマグロとサメが横に描かれ、色とりどりの魚が画用紙いっぱいに散りばめられている。その真ん中に小さくではあったけれど、大きめの人物と手を繋いだ小さめの人物が描かれていた。暁と翔悟だ。ぐりぐりと丸く塗られた顔ははっきりと笑っていた。

昔のお絵描き帳に人物が描かれた絵はなかった。それは、翔悟が初めて描いた人物の絵だった。だからあんなに照れて、見ちゃだめと隠していたのか。

暁はじわりと込み上げてきた涙を袖で拭った。

「翔悟のやつ、あきちゃんと水族館行けたのがよっぽど嬉しかったんだな、ずいぶんべっぴんに描かれてる」

気づいているだろうが、夜崎は涙には触れなかった。代わりに翔悟の描いた暁を褒めそやした。

「寿司食いに行ったら俺も描いてくんねぇかな、カッコ良く」

「ずうずうしいぞ」

「お、これ以上カッコ良くしようがないってか?」

「ほざけ」

ざらりと顎を撫でて、夜崎がにやつく。人によってはいやらしく響く容姿自慢も、この男が言うと嫌味なく聞こえるのだから得な奴だ。

「…………夜崎」

「んー？」

「……ありがとう」

この男がいてくれてよかったと思う。そうでなければ今日は最悪な一日として終わっていた。

翔悟の描いた絵に向けられていた目が丸くなる。

「マジでチュウしちまっていいってことか？」

「……っ、なんでそうなるっ」

「そりゃあ、弱みには積極的に付け込むことにしてるから？」

「最低な奴だな」

言いながらも距離を詰めては来ない夜崎のそれが、ただの軽口であると暁も気づいていた。本当に、嫌になるくらい場の空気を作るのが上手い男だ。遠慮なく辛辣な言葉を返せば、へらりと夜崎が笑う。

「さて、と。俺もそろそろ寝るかな」

逮捕間際に犯人が暴れたせいで、今日はなかなか大変だったとぼやく。

おやすみ、と見送った暁も就寝準備を済ませて寝室に向かう。照明を絞った薄闇の中で二人の寝顔を眺めながら、おかしなものだな、と思う。

最初はあんなに危惧《きぐ》していた夜崎も加わっての生活が、今では安らぎに満ちている。卑猥なからかいと不埒な手ばかり伸ばしてくる男が、すぐそこで眠っているのに、何かされるのではないか、なんて緊張はなく、むしろそこに大きな影が見えないと落ち着かなくなってしまった。

（それに、あの目……）

いつだって飄々と人を食った雰囲気の男が時折見せる真摯《しんし》な眼差し。

（あれは嫌い、ではない）

眠りに引き込まれるにつれ、無防備になっていく思考が素直な感想を吐露《とろ》する。

チュウするぞ、なんてふざけた言い方だったけれど、唇に触れた指の感触も唇にかかった吐息の熱さも不快ではなかった。

（いつもあれくらい真面目に接してくるなら、俺だって。……、俺だって？）

なんだというのだろう。

夜崎を好きなわけではない。少しばかり見直しただけだ。そうだ、それだけだ。

それ以上は考えるのをやめて、暁は深い眠りの中に落ちていった。

＊

その連絡が暁のスマートフォンに入ったのは、聞き込みした日から五日後のことだった。
登録のない見慣れぬ携帯電話の番号に、わずかに警戒心を浮かべる。
《もしもしー、朝川さんですか？》
「そうですが……どちらさまですか？」
電話越しに聞こえてきたのは軽薄ながらもねちっこく響く男の声だ。聞き覚えがあるがすぐに誰であったのか思い出せない。
《えー、悲しいな、忘れちゃったんですか俺のこと？》
媚を売るような、試すような言い方に若干の不快感を覚えつつ、記憶を探る。最近、会った中で同じ印象を抱いた相手がいた。
《俺です。柿崎ですよ、キャッツワンの》
「ああ。すみません、電話だと声が違ったものですから」
名乗られて、ようやく声と人物が結びつく。なるほど、ねっとりとした視線を送ってよこしてきた男に違いない。常套句《じょうとうく》で誤魔化し、その節はありがとうございます、と形式通りの礼で話題を移す。

「それでなにかありましたか?」

十二時を過ぎた深夜に、の言葉は喉の奥に仕舞っておく。

柿崎からの電話内容は過去のシフト表が見つかったというものだった。一年半分はあるという。願ってもない連絡だ。

夜崎にも教えてやらねば。その暁の考えを読んだように柿崎が小さく声をあげた。

《あっ。ちびっことあの手癖の悪いおっさんは無しでお願いしますよ》

そう言われても仕方ないな、とオブジェを弄《いじ》り回していた夜崎と嫌そうに直していた柿崎を思い出す。

「わかりました。そうしましたら明日の夕方、伺わせてください」

《いつでも。なんなら今すぐでもいいですよ》

暁は今から、捜査会議用の報告書をまとめようと思っていた。今から行って確認すれば、捜査の進展に繋がる報告ができるかもしれない。

暁の決断は早かった。

「ではこれから伺います。一時頃には着けるかと」

《一時ですね、入り口に案内が立ってますんで、柿崎に会いに来たって伝えてください。くれぐれも警察手帳を見せるなんて真似しないでくださいよ》

「わかってます。協力には感謝していますから」

営業妨害になるようなことはしませんと約束して電話を切った。

ジャケットに袖を通して、バスルームの戸を叩く。

「夜崎、少し出てくる。先に休んでくれ」

戸の向こうから「今からか？」と訝しむ返事があった。夜崎は暁に、あいつと会うなと言っていた。柿崎に会いに行くと知れたらついていくと言いかねない。夜崎について来られてシフト表を見せてもらえなくなったら困る。

暁は「ちょっとな」と適当に濁して家を出た。


真夜中のキャッツワンは、ネオンがずいぶんと煌びやかだった。悪目立ちしていると思った入口のペンライトオブジェも気にならない。言われた通り、入口で用件を告げると店内ではなく裏口から奥の店長室に通された。高価な家具で揃えられた室内には立体迷路みたいな絵が飾られていた。この店のオブジェ類は柿崎の趣味らしい。

案内係が「店長、すぐ来ますので」と頼んでもないのにミントとレモンを浮かべた水を置いて出ていく。店内は暖房の設定温度が高めだ。暑いな、と感じていたところだったから、ミントの清涼感も相まって冷たい飲み物がよく染みた。

「すみません、お待たせしましたか？」

グラスをコースターに戻したところで、ファイルを片手に柿崎がやってくる。

「四月分から残ってるシフトは全部用意しときました」

「助かります」

隣に腰掛けた柿崎が、さっそくファイルを開いて資料をめくっていく。どうにもホスト上がりのせいか距離が近い。スラックス越しでも密着した太腿から体温が伝わってくるのが嫌で、暁は座り直すフリで隙間を開けた。

「ああ、あったあった。これです」

どうぞ、と横からシフトを挟んだページを開いた状態でファイルを差し出される。今度は肩がくっつく羽目になったが、仕方がないと諦めた。

Ａ３用紙のシフト表にはホステスたちの源氏名《げんじな》がずらりと並んでいる。シフト変更は赤、同伴や上客来店等の特記事項は青で書き込まれていた。ホステス以外の従業員のシフトは二枚目に同じ形式で作られていた。

シフト表を見る限り、結奈の勤務状況は先日聞いた愛の話と一致している。頻繁《ひんぱん》にシフトに名前が出てきているのはおよそ半年前まで、それ以降は月に一度か二度入ればいい方だ。

店で元締めからクスリを受け取って、行野に渡す、と考えていたのだが……。金回りが良くなったという半年前から結奈のシフトは激減している。これでは推理とは真逆だと裏付けられただけで終わりそうだ。

「どうです、事件解決の糸口になりそうですか？」

「ええ、まあ、……まだなんとも」

無視するわけにもいかず言葉を濁すと、柿崎は両腕を広げ芝居がかった仕草で肩をすくめた。

「どうぞいくらでも見てください」

ずいっと顔を寄せ、微笑まれる。ホワイトニングをしているのか、不自然な歯の白さに目が行く。曖昧に微笑み返し、念の為に他のスタッフで定期的にシフトが被っている者がいないかも確認した。しかしこれと言ってあやしい人物はいなそうだった。

「ねぇ、朝川さん。あの翔悟って男の子……実は朝川さんの子だったりします？」

「違います」

「えー、でもそっくりですよね。二人ともおんなじ可愛い顔立ちしてるから、俺はてっきり……ってこれは朝川さんに失礼だったかな？」

「いえ、別に」

柿崎はべらべらと暁に話しかけてきた。一方的に続くそれらはわざとなのか根が失礼な男なのか、いちいち言葉の選び方が癇《かん》に障《さわ》った。

「ニュースで子供のこと全然言わないから、一緒に連れて逃げたんだと思って感心してたんですよね。だからこの前、朝川さんが連れてきたの見てビックリしちゃいましたよ。部屋に置き去りにされてたんですか？」

「……すみませんが、捜査に関わることにはお答えできませんので」

「結奈ちゃんから接触はないんです？」

「………………」

「ってあったらうちに聞き込みになんて来ないか。そんな感じだったもんなぁ、やっぱ捨ててっちゃったか」

答えられないと言っているのに柿崎は無視して質問を重ね、黙っていると勝手に納得して独り言のように聞きたくもない感想を漏らす。

「すみませんが、続きを見てもいいですか」

「ああ、どうぞどうぞ。遠慮なく」

暗に邪魔をするなと横目で睨むと、ようやく柿崎が喋るのをやめた。ついでに視界からも消えてくれたらもっとやりやすいのだが、暁を一人にする気はないらしく、柿崎が出ていく様子はない。相変わらず遠慮のない距離で隣に居座っている。

さっさと確認したい部分を確認して退散しよう。

水で唇を湿らせ、梁川の名前を探す。これも証言と大きな食い違いはなく、一年前のシフト表に名前を見つけた。月半ばから月末にかけてシフトが組まれていたが、八日目以降は大きなバッテンで消されていた。

　細かい字を追っているせいか、こめかみが痛くなってきた。妙に息苦しくて、暁は大きく息を吐き出すとネクタイを緩め、シャツのボタンを外した。グラスに手を伸ばしたが、中身はすでに氷しか残っておらず空だ。いつの間にか飲みほしてしまったらしい。

「あっと、すみません気づかなくて、もう一杯入れてきます」

「いえ、お気遣いなく……」

　水中にいるみたいに柿崎の声がぼんやりとしている。ツキツキとこめかみから響いていた痛みが頭全体に広がっていた。そのせいで涙腺《るいせん》も緩んでいるのか、目の表面が潤んで柿崎の姿がぼやける。光が強いわけでもないのに眩しくて長く目を開けていられない。

（暑い……）

　そのくせ、ぞくぞくと寒気がする。風邪の予兆みたいだ。グラスから伝わってくる氷の冷たさが指先に気持ちいい。離しがたく掴んでいたら、生温い手の平がのっぺりと重なってきた。柿崎の手だ。

「朝川さん、熱があるんじゃないですか？　手がすごく熱いですよ。それに顔も火照《ほて》って、瞳も色っぽく潤んじゃってるし」

　まるで子供の体温を測るように至近距離に顔が迫り、暁は大きく仰け反って避けた。喋る度に吹きかかる呼気に鳥肌が立つ。

あからさまに避けた暁を気にせず、柿崎は握る手をそのままに腰にも馴れ馴れしく腕を回してきた。引き剥がそうと手首を掴んでも震えて上手く力が入らない。

「刑事って激務なんでしょう？　溜まってるんじゃないですか、……色々と。よかったら少し横になってってください」

さあさあ、と暁の返事も待たず、ソファに押し倒されてネクタイにも手が伸びてくる。

「……、やめ、…」

着痩せする性質のせいで華奢《きゃしゃ》に思われがちだが、暁の体格は平均を上回っている。武道の稽古《けいこ》だって怠っていない。それなのに弱々しく肩を押し返すことしかできずに簡単に押さえ込まれてしまった。

ネクタイを緩めた柿崎の手が「窮屈でしょう」とベルトのバックルにもかかる。

これは、まずいのではないか……。

疼痛《とうつう》と熱に浮かされて緩慢《かんまん》にしか回らない思考が、鈍く危険を感じ取った。

ワイシャツを捲り上げられて露わになった肌に、柿崎が触れようとした時だった。誰かが遠慮がちに扉をノックした。

「てんちょぉ、すみません。支払いでごねてる客がいるんですけどぉ」

扉の向こうから告げられた内容に、柿崎が忌々しげに舌打ちした。

「タイミングわりぃな、ったく。わかった、すぐ行く。刑事さん、水持って来させますから休んでてください」

覆い被さるように密着していた柿崎が立ち上がる。離れた体温にほっと息をついた。

ソファに手をつき、どうにか上体を起こすとぐわんと目が回る。足に力を込めてみたが、ぐにゃぐにゃしていて、このまま立ち上がると転んでしまいそうだった。

重たい目蓋が視界を半分塞ぐ中で、呼びに来た男に「水持って来い」と指示して出ていく柿崎が見える。たぶんここまで案内した片耳ピアスの黒服だ。

「すぐ戻るんで」

「……、っ………」

かろうじて頷き返し、扉が閉まって一人になれた安堵で深くソファにもたれかかった。

耳の中に心臓が移動してきたみたいにどくどくと鼓動がうるさい。息が上がり、吐き出すのも吸い込むのも妙な熱さを伴った。目をつぶって目蓋の裏に極彩色《ごくさいしき》の光が明滅《めいめつ》するのを追いかける。つま先から頭のてっぺんまで、皮膚《ひふ》がざわめいて落ち着かなかった。服が触れているだけでも辛い。脱いでしまいたくなる衝動を、唇を噛んで堪える。

どれだけそうしていたのか。カチャ、と扉が開く音がした。

水を持って来たのか、と背もたれに首を預けたまま視線を向けるが、薄く開いた扉の向こうに立っていたのは真っ青なドレスが目に鮮やかな女性だった。

「刑事さん、いまのうち」

さっと身を滑り込ませたホステスが腕を取って立ち上がるように促してくる。

「……愛さん？」

ロングヘアーのカツラをつけているから、一瞬では誰だか分らなかった。

「はやくっ」

急かされて、ひじ掛けに手をついてどうにか腰をあげる。踏みしめた床が波打って感じる。目測を誤ってつま先で何かを蹴飛ばした。ゴミ箱だ。握り潰された駐禁キップ、コンビニや駐車場、それにコインロッカーのレシートが散乱した。

倒れたゴミ箱を直している余裕もなく、愛に支えられながら部屋を出る。

「店長、ゲス野郎だから。さっさと帰った方がいいよ」

熱でぼんやりとした頭でも、一服《いっぷく》盛《も》られたのだと理解した。

「そこの裏口から出たらタクシー拾って」

愛の付添いは控室の前までだった。見つかったら彼女も危ないだろうに、危険を承知で連れ出してくれたのだ。

「……ありがとう」

喋るのが億劫《おっくう》で仕方なかったが、暁はどうにか礼を言った。「翔ちゃんによろしくね」と可愛らしい笑みとウィンクに見送られる。笑い返したが、果たしてうまく笑みを作れていたのかは分からない。

おぼつかない足取りで裏口から外に出る。冷たい風が一気に全身を包み込むが、寒さはまったく感じない。むしろ気持ちいい。転がり込むようにしてタクシーに乗り込み、「とにかく出してくれ」と発進させた。

息の荒い暁をタクシー運転手は酔っ払いだと勘違いしたようだ。その方がありがたい。スラックスの中で張り詰めつつある性器に気づかれるよりずっといい。

どうにか自宅マンションに帰りつき、玄関に転がり込む。室内は静まり返り、電気も落とされて真っ暗だった。自分の息がやけに大きく聞こえる。

這いずるように廊下を奥へと進んだ。何をするにしても玄関はまずい。物音で二人が起きてしまったら――……考えたくもない。

ひどく喉が渇いていた。首に爪を立てて引っ掻いてしまいたい衝動を飲み込んで、キッチンを目指す。袖が濡れるのも気にせず全開にした水流の中にガラスコップを突っ込み、一気に飲んだ。だが喉に流し込む勢いが強すぎて激しく噎《む》せる。手から滑り落ちたコップが床に落ちて割れた気がしたけれど、どうでもよかった。

ずるずるとシンクに背を預けてへたり込む。渇きは少しばかり治まったが、その代わり全身を苛《さいな》む熱っぽさに意識が向く。股間は服の上からでも一目で分かるほどはっきりと勃起していた。小さく腰を揺らめかせるだけで、下着と擦れて果ててしまいそうな愉悦《ゆえつ》が湧き上がる。

「は、…く、ぅん…ッ」

鼻にかかった、明らかにそういう声が出た。

扱《しご》きたい。扱いて出してしまいたい。だめだ。ここではだめだ。ちゃんと鍵をかけられるところに行かないと……。

もはや立ち上がることは出来ず、四つん這いになる。姿勢を変えたせいで服が擦れて、んっんっ、と腰が揺れた。全身、神経が剥き出しになったように敏感になっている。濡れた息を吐いた瞬間、パッと室内が明るくなった。

眩しさに目の表面がピリピリと痛みを訴えて、たまらずきつく閉じた。目蓋の裏で光のハレーションが起きる。

「あきちゃん?」

「…………っ」

寝起きなのか、普段よりも低く掠れた声に呼ばれた。見つかった絶望と心地良く響く声音に全身が粟立《あわだ》つ。

「…………おい、どうした?」

遠慮のない足音が戸口から真っ直ぐにキッチンを目指し、カウンター越しに這いつくばる暁を見つけて鋭く問う。

「……も、られた…」

「盛られた？　クスリか？　どんなのだ？　誰に飲まされた？」

「柿、ざき……ミントの、水だった…」

「あいつに会いに行ってたのか？」

矢継ぎ早の質問に、こくりと小さく頷いて己の失態を白状する。

「ばか、動くな。ガラスで切るぞ」

「うあっ……」

あきれられるのを覚悟したが、夜崎は責める言葉を口にせず暁を抱き上げた。密着した体温がもたらすあまりの気持ち良さに悲鳴をあげ、押しつける形になった股間のいたたまれなさに泣きそうになる。

「は、なせ……っ」

「ミントは味を誤魔化す為だろうな、ってことは催淫系の葉っぱか」

ひとりごちた夜崎にソファまで運ばれた。

尻と背中にかかる衝撃に「うン…っ」と嬌声《きょうせい》を噛み締める。その間にも遠慮のない手がベルトにかかり、スラックスの前立てを寛げる。

「やめ、…」

「我慢してると苦しいだけだ、出しちまえ」

「じ、ぶんでっ…、ァ、あッ、あぁぁっ」

抵抗は隙を作り、夜崎が性器を取り出すのを助けるだけだった。染みの広がったボクサーパンツをずらして濡れそぼった陰茎を取り出され、そのまま皮の厚い手で扱かれる。自分でやるのとは違う強さは腰が抜けるほど気持ち良くて、一、三度根本から先端まで擦りたてられただけで暁は堪えることも出来ず射精した。勢いよく飛んだ精液がシャツを汚す。その間も休むことなく扱かれて、残滓がびゅくびゅくと吐き出される。

「あ、ああっ……なん、…」

「クスリのせいだ。あきちゃんがおかしくなったわけじゃねぇよ」

出したのに、暁の性器は萎《な》えるどころか張り詰めて裏筋に血管を浮かばせる。

昂ぶったままの性器に困惑の声を漏らせば、大丈夫だと安心させるように夜崎が指の背で暁の目尻を撫でた。直接扱かれる性器が気持ちいいのはもちろんだが、そんな些細な仕草にも快楽を拾って腰が揺れてしまう。

口端にあふれたよだれを拭った手がネクタイを解き、ジャケットを脱がせてシャツのボタンを外す。一体、いつの間に脱がされたのか、下半身は靴下を残してすべて脱がされていた。

皮膚はますます感度を上げていた。夜崎の手が掠めていくだけで、上擦った声が出て、ぴゅくぴゅく、と鈴口から濁った先走りを飛ばす。

快楽に負けただらしない顔を見られたくなくて、暁は両腕で顔を隠した。けれど視界を閉ざした分、他の感覚が鋭敏になる。出したばかりの青臭い精液のにおい、にちゅにちゅと粘った摩擦音、腹を這う固い手の感触。淫靡《いんび》な空気を舐めただけで舌まで痺《しび》れてくる。

「口は可愛くねぇことしか言わないのに、乳首とちんぽは可愛い色してんな」

脇腹から腹筋の筋を辿ってのぼってきた夜崎の手が胸の上で止まった。

「…、なんのっ、関係がある、んぅっ」

つん、と尖った乳首の先端をつつき、鈴口の孔をくりくりと撫でながら言われたからかいの言葉に、羞恥で頭が焼き切れそうだ。ピンクの色味が強いそこは、暁の小さなコンプレックスだった。それを両方夜崎に見られているだけでなく、いじくられている。

「甘やかしてやりたくなる、つってんだよ」

くるりと固い指の腹が乳輪を撫でた。ぐりっと割れ目に爪を立てられて、引きつった悲鳴と共にがくがくと腰が震える。

「あ、ひ、ぃあっ」

「あきちゃんは乳首で感じるタイプか、ん？」

「知、らなぁアッ！」

「感じるみたいだな」

きゅっと乳頭を摘まれて、味わったことのない尖った刺激が胸から広がった。それはそのまま下腹に流れ、夜崎の手にくるまれた陰茎を跳ねさせた。宥めるように緩く扱かれて、開きっぱなしになった鈴口から漏れる体液が止まらない。そのせいで上がる水音がますます派手になる。ぐちゃぐちゃと粘った水音が恥ずかしいのに、羞恥を感じるとさらに気持ち良さが増した。

もう何もかもが気持ちいい。すべてが快感になる。こんなのは嫌だと震わせた舌が上顎を擦るのも気持ち良くて、涙が目蓋の内側で瞳の表面を濡らしていくのも気持ちいい。

気持ち良すぎて怖い。

もしかしたらそう口走ったのかもしれない。暁の快楽を煽りたてる手が止まり、胸を離れた手が優しく喉を撫でて宥める。

「気持ちいいことしてんだから、素直に感じとけ。イきたくなったら好きなだけイってかまわねぇんだよ」

言い含められずとも、湧き上がる射精感は止めようもなく、腰を反らし、尻を浮かせて二度目の射精を果たす。重たい体液が尿道を広げて駆け上がっていくのが気持ちいいと、こんなにまざまざと感じるのは初めての体験だった。

性器は一度目よりもさらに張り詰めて痛いほどに勃起している。根本に重く垂れた陰嚢《いんのう》も早く中身を出させろとばかりに腫れたままだ。

腹に飛んだ精液が汗ばんだ肌をとろとろと垂れていく。じれったさにむずかる喘ぎをあげそうになり、唇を強く噛んだ。もう幾ばくも持たないだろうが、みっともない喘ぎ声を聞かれたくないと残ったなけなしの理性だった。

「あっ」

ふいに快感を引き出していた両手が離れた。そうかと思えば腰を掴まれてひっくり返され、四つん這いの格好にされる。

「暁」

「っ……」

背後から覆い被さられ、張りのあるバリトンが直接鼓膜に吹き込まれた。もう一度「暁」と正しく名前を呼ばれる。ぞわり、と肌が粟立った。尾を引く声の余韻《よいん》に背筋が震える。とっさに両手で唇を塞いだ。けれどそれが夜崎は気に食わなかったらしい。ちっ、と鋭い舌打ちがうなじにぶつかり、乱暴とも言える強さで陰茎を扱かれた。

「ん、んン、…んぅっ」

「クスリのせいだっつってるだろ。強情張ってないで声出せって」

扱かれる度に腰が重くなる。姿勢を保つ足からも力が抜けてへたり込みそうになったけれど、後ろから回された夜崎の手に支えられて、尻を突き出す体勢を維持された。

腹につかんばかりに反り返った性器が擦り上げられる。手首に捻りを加えて皮を捩《ね》じられ、特に弱いくびれを擦られて、剥き出しの真っ赤に染まった亀頭を親指の腹で丸く撫でられる。

そうしながら乳首を短い爪でカリカリと引っ掻かれ、親指と人差し指で押し潰されて抓《つね》られると、だらだらと漏れていた先走りが、射精じみた勢いでソファに飛んだ。

目の前に火花が散るような愉悦に口を閉じていられず、「あっ、あっ」と甘ったるい声を緩んだ指の隙間から上げた。「そうだ、良い子だ」と大きな手に喉をくるまれる。喉仏を撫でられて、また「あぅん…ッ」と鳴いた。隙間だらけの手はもう喘ぎ声を抑えてはくれない。

どこもかしこも触られると気持ちいい。無骨そうに見えて繊細に触れていく夜崎の手が気持ちいい。三度目は扱かれるリズムに合わせて自分でも腰を振りたてながら射精した。

立て続けだというのに、ぼたぼたと大量の白濁が黒いソファを汚していく。

激しく肩を上下させて酸素を貪《むさぼ》りながら、暁はぐしゃりと顔を歪めた。糸を引いて精液を垂らしている性器は萎えず、次の飢《う》えに襲われる。困惑の涙が目尻に浮かぶ。

クスリのせいだと分かっているが、すぐさま襲ってきた飢えについていけない。

気持ちいい。尿道が熱い。早くまた出したい。でもそれだけではない。火照っている粘膜は性器だけではなくて――……。

「ナカも疼《うず》くか」

「……、…ッ」

夜崎が呟く。認めたくなんてない。けれどその通りだった。腹の中が熱くてむず痒《がゆ》い。

射精は気持ちいいのに、出せば出すほど飢餓感《きがかん》が募っていく。排泄器官でしかないはずの後孔が、達する度にひくひくと収縮するのを意識する。

鼻を啜り、暁は隅に転がるクッションを引き寄せて顔を押しつけた。そうしなければ、何を求めているのかも定かでないのに、「欲しい」と口走ってしまいそうだった。

剥き出しの背中を、夜崎のため息が舐める。

「しかたねぇな」

「………や、ざ…？」

「楽にしてろ」

「あ、――…ッ」

そろりとクッションから覗かせた目を大きく見開き、短い悲鳴をあげた。

後孔に何かが触れた、と思った時には内側にもぐり込んできていた。ぐ、と腹側を押されて、指を含まされたのだと理解する。圧迫感はあるものの痛みはまったくなかった。それどころか後孔が物欲しげにひくついてもっと奥まで含もうとうねる。

慎重に探っていた指は暁の反応を受けて、激しさを増した。ぬぷぬぷと恥ずかしい音をさせて出し入れし、苦しむどころか鼻にかかった甘え声をあげるのを聞いてすぐに二本に増やされる。

窄まっていた孔が広がっている。ナカはバラバラに掻き回す指でもっと広げられている。指の腹で粘膜をあちこちつつき回された。時折揃えた指でぐるりと掻き混ぜられるのと、くの字に曲げて抉《えぐ》られるのが特に気持ち良かった。

「暁、……触るぞ」

「え…ぁっ？　ひぃ、あっ！　あ、あ、あっ、あ！」

今さら何を、と言葉を咀嚼《そしゃく》する前に、コリ、とそこを押し込まれた。まるで強力な電流を流されたようだった。腹側の一点、ずっと避けていた場所を容赦《ようしゃ》なくぐりぐりと触られて、下腹がひきつけを起こしたように痙攣する。

またイッた……、と思ったのに覗き込んだ性器は射精していなかった。

それでも腰は出した時と同じ反応でがくがくと揺れ、激しい絶頂感を味わう。

「前立腺《ぜんりつせん》だ。精通してねぇガキも棺桶《かんおけ》に片足突っ込んでるじじいも、ここ触られたら完勃ちでイきまくる」

三本に増えた指が執拗《しつよう》に前立腺だという場所を捏ね続ける。絶頂感が去る前にまた新しい愉悦に襲われ、暁はソファを掻き毟《むし》って逃げを打った。

「ぁ、あっ、…ってる、もうイッてる、ぅア、ああっ」

「気持ちいいだろ、ん？」

「ひっ……、ぁ…ぁ、ぃ、…い、きも、ちいっ…」

逃げるのは許されず、腰を引き戻されて、ぐっとしこりを押し潰された。尖った悲鳴は紛れもない快楽であげたものだ。唆《そそのか》すように耳元で囁かれ、呂律《ろれつ》のまわらない舌で気持

ちいいと白状する。

一度認めてしまえばなし崩しだった。よだれまみれの唇で、きもちいい、もっと、そこがいい、またイく、とあられもない言葉を嬌声の合間に吐き出す。そうしてついには「ほしいっ…」と含んだ指を食い締めた。もっとちゃんと欲しい、と理性なんて飛ばした頭で背後を振り返り、涙に濡れた目で与えてくれるだろう男——夜崎に訴える。

シャツの袖をまくっただけで、服を乱しもしていない夜崎が怖いくらいぎらついた目で自分を見下ろしていた。

「や、ぁんぷ、……ッ」

やざき、と呼びかけた口の中に節くれだった指が突っ込まれる。ぬるつく舌を人差し指と中指があやして言葉を奪う。

「わかってる。今やっから、ちょっと待ってろ」

「ふぅ、ンッ」

出し入れはされても抜かれはしなかった指が後孔から出ていく。含むものを失った粘膜が切なさに蠢《うごめ》いて、媚びるように尻が揺れた。

そこにぴとりと弾力のある熱が宛がわれた。夜崎の猛った欲望だ。

「マジで入れるぞ、いいんだな？」

「ん、んっ、……ンぅっ」

必死に頷いてねだった暁の声が引きつる。

もぐり込んできた夜崎の圧倒的な質量にうまく呼吸が出来ない。

「暁、息吐け……そうだ、そしたら今度はゆっくり吸え」

口を解放されて、言われた通りに深く息を吸い込み、細く吐き出した。

「は、ぁう、あ、っぐぅ」

十分に柔らかくなった孔を太い肉に押し開かれる。呻いたのはエラの張った亀頭を飲み込まされる時だけだった。そこを含んだ後は、ずぶずぶと貪欲に飲み込んでいく。

「んぁ、ふぅ…ッん」

腹を埋めつくす充溢感《じゅういつかん》にだらしなく感じ入ったため息が漏れる。数度慣らすように前立腺に擦れる位置で腰を使われた後、ずん、と最奥まで貫かれた暁は、それだけであっけなく達した。

「あアぁ、ッ」

どぷり、と鈴口から大量の精液が飛ぶ。嵌められただけでイッた暁を夜崎は笑わなかった。それどころか奥の肉壁に先端を押し当てて腰を揺さぶり、白濁を零す暁の陰茎を手で扱きたてた。

「我慢すんな、出し切っちまえ」

ぐちゅぐちゅと擦られながら、前立腺を焦らさずに責めたてられる。気持ち良さに思考はぐずぐずにとろけて、腰がびくびくと跳ねては夜崎の手に残滓を吐き出す。受け止めたそれを陰茎の根元から忙しなく開閉する尿道口にまで塗り込められ、すぐにまた性器が張り詰める。

夜崎の長大《ちょうだい》な剛直にナカを掻き回され、腹の奥までいっぱいに埋められる。腰を掴む手が気まぐれに乳首を捏ねて可愛がる。そうするとナカが収縮して咥えた性器の形を、ありありと感じ取った。

「んん、ぁ、ああ、あッ…く、いくっ」

ぎりぎりまで引き抜いた雄で浅瀬の前立腺を押し潰し、最奥まで貫かれて達した。陰嚢がきゅぅ、と縮み上がってびしょ濡れの性器から薄まった精液を漏らす。

もう何度、出したのか分からない。イく度にもう出ないと思うのに、最後の一滴を出し切るとまた次の波に押し上げられていく。

夜崎はずっと後ろから抱いた。彼が射精しているのかどうかを気にしている余裕なんて暁にはなかった。それでも時折、低い呻きや喉に詰まった息が聞こえて、怒張《どちょう》が脈動するのを感じた。ナカに出されたのかどうかも分からなかったけれど、どくどくと内側から鼓動が響くのは自分が達したみたいに気持ち良くて、ぎゅうぎゅうと締めつけて咥えた雄の脈動を味わった。

そうやってひたすら快楽を貪り、ついに出すものがなくなった暁は、掠れた喘ぎを漏らして気絶するように意識を手放した。

「寝ちまえ」

全てが黒く塗りつぶされていく寸前、大きな手が頭を撫でるのを感じた。

「寝て、全部忘れちまえ」

優しい声は疲れ切った身体に心地良く染みて、暁は安心して眠りに落ちた。

＊

翌朝の目覚めは最悪だった。

二日酔いに二日酔いを重ね、さらに三日間の徹夜明けのような頭痛と倦怠感が全身を重くしていた。

起きてすぐには昨夜を思い出せなかった。一体、どこでこんなになるまで飲んできたんだと自分を呪い、徐々に蘇る記憶に硬直した。もしやあれは酔った末の悪夢だったのではないかと本気で考えたのは、自分の身体にそれらしき痕跡が皆無だったからだ。

目覚めたのは自分の布団の中だったし、服装もいつものパジャマ。肌はさらりと乾き、それに――率直な言い方をすると棒を突っ込まれたはずの穴が特にこれといったダメージを負っている状態ではなかったのだ。内臓を腫れぼったく感じるのは吐くほど飲んだ翌朝にはよくあることだ。

痛みを訴える頭を押さえながら、夜崎と翔悟が朝食を食べているリビングに顔を出す。

「あきらくん、おはよう！」

「おはよう、翔悟」

鈴を転がすような、と表現されることの多い子供らしい高さの声が今日は頭に響く。

「よぉ、今朝はゆっくりだな」

「すまない、寝坊した」

「昨日は帰ってくんの遅かったからな」

夜崎の変わらない態度に、やはりあれは夢だったのではなかろうかと思う。けれど飲み物を求めてキッチンに行くと、シンクの水切りに昨日まであったはずのコップがなかった。

やはりあれは現実だったのだ。

（俺は、夜崎と……）

振り返れば嫌でもソファが目に入る。昨夜、夜崎とセックスしたはずの場所だ。自分の痴態《ちたい》が一気に蘇って、呷った牛乳が気管に入り盛大に噎せてしまう。咳き込む度にこめかみがズキズキと痛んだ。

「おい、大丈夫か？」

「へ、いき…っ、だ……っ」

「まあ、あれだ。水分は多めに取っとけ」

「………そう、する」

新しいコップに注いだミネラルウォーターを差し出された。礼を言って受け取りながら、やはりあれは現実だったのだ、と確信する。かすかに触れた夜崎の指先は記憶と同じ熱を宿していた。


仕度を終えると翔悟を伴って三人で家を出た。今日は捜査会議だ。暁も夜崎も揃って出なければならない。

車内では翔悟を中心に会話をのんびりと交わすだけで、昨夜の出来事には一切言及されなかった。当たり前だ、子供に聞かせていい話ではない。

会議室に向かう前に来客室に向かった。会議中はそこで柚原に翔悟を見てもらうことになっていた。翔悟が会うのはあの日以来だが、きちんと覚えていたようだ。

「朝川さんと夜崎さんのご用事が終わるまで、一緒に遊んでね」

「うん」

やや緊張しているようだったが、はにかんだ笑みを見せて来客室に入っていく。

お絵描き帳を開いた翔悟は、さっそく柚原にお気に入りの絵を見せていた。一番にめくったのは水族館で描いた絵だ。

「あら、ずいぶん凝った構図ね。まんなかにいるのは翔悟君と朝川さん？」

「そう！」

「翔悟君はお魚さん上手ね。ねぇ、動物も得意？　私、ゾウさんが見たいなぁ」

リクエストに翔悟が新しいページを開いて灰色のいろえんぴつを手に持った。

「そういえば柚原さんは保安でしたよね？」

「ええ、そうです」

柚原は生活安全部の保安課だと、初めての顔合わせの時に芽村が言っていたのを思い出した。頷いた彼女に暁は捜査中に見つけたコインロッカーのスプレーアートのことを報告した。いたく気に入っていた翔悟には悪いが、あんなものがあると街の景観《けいかん》が悪くなる。

「……ああいうの、撤去というか、消したりはしないんですか？」

「タダじゃないですからね、あんまり積極的には……。でも一応、確認しておきます。常習犯だったら証拠も残しておきたいですし」

やはりそういった行為をあちこちにするアーティスト気取りの絵描きがいるらしい。

「それじゃあ、翔悟。何かあったら柚原さんに言うんだぞ」

「うん、いってらっしゃい」

膝立ちになった翔悟がいろえんぴつを片手に握ったまま、ソファの背もたれ越しに手を振る。

和やかなやりとりはそこまでだった。扉を閉めると同時に「おい」と声をかけられる。

「捜査会議までまだ時間あんだろ、ちぃと外行こうぜ」

暁の返事を待たず、背後を指差した夜崎がさっさと歩き出す。

口元に緩く浮かんでいる笑みがなくなると目鼻立ちのはっきりとした顔立ちと相まって、夜崎はずいぶんと迫力のある表情になる。不覚にも怯んだ己を奮い立たせ、暁は夜崎の背中を追った。

駐車場に出て建物の死角になる場所を選び、人がいないのを確認してから夜崎は途中で買ったスポーツ飲料を差し出してきた。

「ありがとう」

二口ばかり飲むと夜崎も缶コーヒーを開けて、同じように飲んだ。

「体調はどうだ」

ずばり、と夜崎は切り込んできた。ゆっくりともう一口飲んで唇を湿らせてから、それに答える。

「寝起きは頭痛と倦怠感が酷かったが、だいぶ落ち着いてきた」

「身体はダメージあるか？」

「いや、平気だ」

「……そうか」

壁にもたれた夜崎が手元の缶コーヒーに視線を落とす。何を考えているのか、黙った男はゆっくりと人差し指で缶の縁を撫でている。

あの指が、昨夜自分の肌を撫で、乳首を捏ね、性器を扱き、あまつさえ暁だって知らないナカをまさぐり擦っていたのだ。こくり、と飲み込んだ唾液《だえき》がスポーツ飲料の甘さを含んで喉に絡まる。何周もくるくると丸く撫でていた夜崎の指が縁を離れ、プルタブを爪に引っかけて弾いた。カィン、と小さくも硬質な金属音にビクリと肩を震わせ、暁は慌てて視線を逸らした。

顔が熱くなる。夜崎がこちらを見なかったのが救いだ。

「飲まされたのは筋弛緩の効果もあるやつだろうな。色々やりやすかったのはそのおかげだ。その分、ナカが疼いちまってタチが悪いんだけどな」

ダメージがないのも、夜崎が挿入したのもそういうことか、と納得する。

共同生活を始めてからは鳴りを潜めているとはいえ、あれだけ節操無しな性生活を送っていた夜崎だ。この男にとって昨夜の出来事なんて、セックスではなく介抱《かいほう》に近いのだ。その証拠に――曖昧な記憶ではあったが――夜崎は愉悦を与えるだけで、愛情を示すようなキスや言葉はひとつもよこさなかった。

あれはクスリに苛まれた相手への処置だったのだ。だったら自分も『そういうこと』として処理すべきだ。

筋弛緩の効果があるハーブ系の催淫剤《ドラッグ》。この身で味わう羽目になったクスリの効果は、梁川たちが捌いていた危険ドラッグと酷似《こくじ》している。

事件の関係者全員と接点のあった店の店長が持っていたクスリが、たまたま彼らの密売していた危険ドラッグだった、なんて偶然を信じるには無理がある。——柿崎が奴らにドラッグを捌かせていた犯罪グループの一人である可能性が高い。もしかしたら中心人物の可能性もある。

「どうする、しょっぴくか？」

「いや、しない」

同じ疑いを持っているであろう夜崎に、暁は首を横に振った。一晩経った今、証拠となる成分が検出されるかもあやしい。のこのこと呼び出されて一服盛られ、あわやレイプされかけた失態を暴露しても、物証はない。暴行に失敗した時点で柿崎は証拠を処分しているだろう。とぼけられるのが関の山だ。

「わかった」

夜崎も聞きはしたが、暁の答えを始めから承知していたような口ぶりだった。

「んで、お前は何しに行ったんだ」

人の忠告を無視してまで行くなんざよっぽどのことなんだろうな、と向ける視線が言外に暁を責める。

「……過去のシフト表を見つけた、と言われた。連れの刑事は手癖が悪いから連れて来るなとも。せめて日を改めるべきだった」

「あー……」

夜崎が呻き、責めた口調を悔いるようにごしごしと目元を擦る。

「あきちゃんに変な視線向けてるってわかってんのに、名刺切らしてたし……態度も裏目に出たな。俺にも落ち度があったんだから、あきちゃんは悪くねぇよ。……やな言い方した、すまない」

「いや、功を急いたのは確かだ、俺が迂闊《うかつ》だった」

思い返せば柿崎の質問はこちらの情報を探っているものばかりだった。もちろん不用意に漏らしてはいないが、クスリが効いた後だったらどうなっていたことか。

もしもあそこで愛が助けてくれなかったら……。

セックスドラッグを盛って相手をレイプする奴らはわざと相手に欲しがらせる言葉を言わせ、これは合意だと言い含める。そうして脅しと保険に映像や写真を撮る。暁もそうなるところだったのだ。本当に危うかった。

無意識に自分の腕を掴んでいた。

「大丈夫か？」

「平気だ……」

強がりを返しながら、暁は気づいてしまった。夜崎が今日、まったく自分に触れてきていないことに。普段と変わらない態度でとても慎重に、そして巧妙《こうみょう》に気遣われている。

「シフト表は本物だったのか？」

何食わぬ顔で夜崎は話を戻した。暁も気づかなかったフリでそれに応じた。

「……ああ、本物だ」

シフト表のくたびれ加減や縒《よ》れ、汚れ。インクの劣化具合や字体の違う書き込み。経年劣化している書類、特にシフト表のような使い込まれた物を不自然なく模造するのは案外と難しい。あれは間違いなく当時のものだ。シフトにも不審な点は見当たらなかった。

「店で受け渡しはしてないってことか」

「そう考えるのが妥当だろう。………夜崎、どう思う？」

「……限りなく黒に近いグレー、ってとこだな」

暁も同感だった。梁川の殺人事件の裏取りで、殺害時刻に柿崎は店にいたことが確認されている。

直接手を下してはいない。だがクスリの密売には間違いなく関わっているはずだ。そうなれば殺人事件とも無関係とは言い切れないだろう。

「柿崎は先日の愛との話を聞いていた。結奈たちが国外逃亡を企《くわだ》てていると知っている。奴も結奈たちを探しているなら、かなり焦っているはずだ」

「ああ。売上げ撥ねてただけじゃねぇ。売人だった梁川まで殺されたとなったらメンツ丸潰れだ。それに行野が捕まりゃ、取り調べでクスリ関係もぶちまけられかねん。死に物狂いで先に見つけようとすんだろうな」

「刑事に一服盛るくらい、なりふり構ってられなくなってる、か」

「そこに関しちゃぁ、奴の趣味も大いに含まれてたと思うが、焦ってんのは確かだろ」

「結奈たちがここまで頑なに隠れているのは、身の危険を感じているからか」

クスリの関係者に見つかることを恐れて隠れているのなら、その脅威が無くなればあるいは出頭してくるのではなかろうか。

「ったく。とっとと警察くりゃ、檻の中で手厚く保護してやるってのによ」

ぼやいた夜崎は缶コーヒーの残りを一気に呷ると、自動販売機の横にあるゴミ箱に缶を放った。

「ひとまず会議で柿崎が密売に関わってる可能性が高いって報告上げんぞ。現状じゃあ、柿崎が黒だって証拠が何もねぇ。徹底的に調べあげるとこからだ。俺から報告するので構わねぇか？」

「ああ、そうしてくれ」

暁が報告すれば、どうして柿崎に目をつけたのか詳細を聞かれるだろう。昨夜のことはできるならば伏せておきたい。

その点、夜崎であれば歓楽街に顔が広いのは知れ渡っている。「ちょいとそっちの情報筋から聞いた」と言えば、深くは追及されずに納得されるはずだ。

「ぁ、夜崎！」

そろそろ行こう、と時刻を確認して歩き出した夜崎の腕を掴み、とっさに引き止める。ぎくりと夜崎が身を硬くした。

「……、どうした」

「その、昨日は助かった。……礼を言う。色々とありがとう」

夜崎に礼を伝えるのは妙に気恥ずかしい。暁は目元をうっすらと染めながら、ぼそぼそと言った。

夜崎の表情が緩む。

「気にすんな、俺からしたら役得《やくとく》だ」

目尻に小さな皺を寄せたへたくそなウィンクは、反対の目も不器用に細まる。

「遅れると芽村さんにドヤされる、急ごうぜ」

「ああ」

振り払う、というにはやんわりと腕を外された。

（役得、か）

なるほど、分かりやすい。

やはり夜崎にとって昨夜のあれは、仕事のようなものだったのだ。

（夜崎は射精したのだろうか）

自分の痴態とあまったるい嬌声と、思い出すだけで下腹が強張る快感は覚えているのに、そこの記憶はぼやけていて思い出せない。

ソファも綺麗に片づけられていて、染みひとつ残っていなかった。もっとも染みを見てそれがどちらの精液かなんて分かるわけもない。

なんとなく背中に熱い感触が広がった記憶はある。ナカでどくどくと大きく脈打っていた鼓動も覚えている。けれどそれが宥める為に撫でてくれた夜崎の手の平の感触だったのかもしれないし、壊れそうに早鐘を打っていた自分の心臓の音だったのかもしれない。

一度くらいイッてくれたらいいのだが、と思う。

迷惑をかけたのだから、せめてそれくらいの見返りを与えてやれていればいい。そういう馬鹿みたいなことを、報告をあげる夜崎の横顔を見ながら考えていた。

＊

捜査会議を経て、徹底的に柿崎の金銭状況を調べた結果、キャバクラとソープで得ている収入を大幅に上回る金遣いをしているとの報告が上がってきた。

だがそれだけではクスリの密売と繋がる証拠にはならない。ホスト時代に貯め込んでいた金だと言われたらそれまでだ。

せめてどうやってクスリの受け渡しをしていたのかが分かれば、揺さぶりようがあるのだが柿崎と梁川や行野たちの間にそれらしい接触はなかった。

柿崎以外にもクラブの従業員で三人、派手に遊んでいる者がいた。なんらかの関わりを持っていると見ていいだろう。全員に二十四時間体制で張り込みがついている。どこかでボロを出すのを待つしかない。

翔悟との入浴を終えて風呂を出ると、夜崎はソファで寛いでニュース番組を見ていた。捜査会議の後、暁は翔悟を柚原から引き取り、夜崎とは別行動を取っていた。

夜崎からは酒のにおいがした。かなり鼻につく。目元も赤いし、けっこうな量を飲んだのだろう。

「だいぶ飲んだのか？」

「ん、いや、そうでもない」

ミネラルウォーターを注いだコップを渡しながら聞く。

夜崎は愛の様子を探りに行ってくれたのだ。彼女が助けてくれなかったら、暁は今頃こんなのんきな時間を過ごせていない。だがもし暁を助けたと柿崎に知られていたら、彼女の身に危険が及んでいるのではないか。

気に病み、しかし直接連絡を取ってはやぶへびになりかねないと接触を取りあぐねていた暁に気づいて、「俺が調べてきてやる」と夜崎が言ってくれたのだ。酒を飲んできたのはその絡みだろう。

暁としては愛の様子をすぐに聞きたかったが、それは翔悟を寝かしつけてからだ。そろそろ寝よう、と翔悟を抱き上げる。靴擦れの傷は塞がったが歩いたら傷口が開くのではないかと心配で、暁は極力歩かせないようにしていた。

「ちぃと過保護《かほご》すぎじゃねぇのか?」

「うるさい」

自分のせいで怪我をしたのだ、過保護になって何が悪い。

それに最初は「あるけるよ、へいきよ」と言っていた翔悟も、最近では素直に体重を預けてくれる。温かい重みは存外心地良く、同じ物を食べて同じ石鹸《せっけん》を使っているのに、なぜかあったためたミルクのような柔らかいにおいがした。それはふんわりと穏やかに満たされた気持ちを連れてくるから、つい抱いていたくなるのだ。

暁は布団から指先を覗かせた小さな手を握ってやった。夜崎はぽんぽんと緩やかなリズムで翔悟をあやす。幼い呼吸はゆっくりと与えられるリズムに導かれ、ほどなくして寝息へと変わった。

この手を離す時、いつも少しだけ惜しい気がする。それでもそっと手を離す。それを合図に夜崎共々、布団から抜け出してリビングに戻った。

「先に風呂入ってきていいか」

しきりと目元を擦る夜崎は、酒のせいで眠気が強いのかもしれない。酔いも洗い流したいだろう。暁は「かまわない」と答えてテレビを点けた。

「わりぃな。ああ、そうだ。先に伝えとく」

浴室に向かう足を夜崎が止めた。

「愛ちゃんは無事だったぜ。お前を逃がしたのもバレてないから安心しろ」

ほぅ、と安堵のため息が漏れた。

「そうか、よかった……」

「他の細かい報告は風呂の後で話す」

「ああ。……夜崎」

「ん？」

「ありがとう」

酒で眠たげだった眼差しが、眉ごと目尻を垂らして慈愛のこもったものに変わる。

「どーいたしまして」

「……早く入って来い」

おふざけの気配がない夜崎は苦手だ。本気で大事にされていると錯覚しそうになる。

「んじゃ、ひとっ風呂浴びてくるわ」

視線が外れ、廊下の奥へ姿が消え、やがて浴室の扉のかすかな開閉音がした。ぼんやりとその音を聞く。

帰宅してからも夜崎はやはり巧妙に接触を避けていた。コップを受け取る時でさえ、指先は触れ合わなかった。偶然かもしれない。けれどそんな些細なことがずっと引っかかっている。

(まるで俺が触りたいみたいじゃないか)

触りたくなんかあるものか。夜崎はあったかいミルクのにおいはしないし、触れるだけで気持ちがいい滑らかな肌でもない。

点けっぱなしのテレビニュースは、ひとつも頭に入ってこなかった。

＊

翌日もこれといった動きはなかったが、柿崎はかなり警戒心を強めている、と報告が届いた。まあ、そうだろう。刑事に一服盛って脅迫かレイプか尋問か、しようとして失敗したのだ。後ろ暗いところがあると自ら暴露したも同然だ、焦らないわけがあるまい。

今や密売人殺しの事件は、五課も巻き込んでの大掛かりな捜査になっている。五課の見立てでは、クスリの売り上げはこの半年で五億は下らないという。報復と口封じに殺人を企てるには十分な金額だ。柿崎が結奈たちを先に見つけたら、間違いなく二人を殺すだろう。これ以上の凶行を防ぐ為にも、早急に彼女たちの身柄を確保せねばならない。

歌舞伎町のラブホテルでそれらしきカップルを見かけた、という目撃情報が夜崎経由でもたらされた。聞けば、キャッツワンから二ブロックも離れていない場所だった。さすがに他人の空似《そらに》だろうと思いつつ聞き込みをしたが、フロント係の記憶は曖昧だった。

見せてもらった監視カメラの映像では目深《まぶか》に被った帽子のせいで判別できず、部屋も清掃が済んでいた為に指紋を取れなかった。だが「清掃係がこのカップルについて文句を言っていたから、顔を覚えてるかもしれない」とフロントの男が教えてくれた。

清掃係はすでに帰宅していたので、こちらには明日――つまり今日に聞き取りが持ち越しとなった。

結論から言えば、やはり空振りだった。清掃員はカップルのことをよく覚えていて――通路の清掃カートが邪魔だと文句を言われたそうだ――顔写真を見せるときっぱり否定した。

仕方がない。こうして地道に当たっていくしかないのだ。

一緒に聞き込みに行った向井とコンビニに立ち寄り、柿崎の張り込みを続けている同僚に差し入れをしてから庁舎に戻る。

渋滞に巻き込まれたせいで予定よりも遅くなったが、幸い夜崎はまだ来ていなかった。翔悟を連れて出勤した夜崎と入れ替わりに、暁は翔悟を連れて帰宅する予定になっている。そうすれば移動時間の無駄が減らせて効率がいいからだ。

あっちも渋滞にはまっているのかもしれない。ちょうどいい。待っている間に食事を取ってしまおう。

とはいえ、中途半端な時刻で食堂は開いておらず、売店でおにぎりをふたつ買う。以前は気にならなかったが、手料理に慣れてしまうと売り物のおにぎりは味気なく感じた。

「それはなんだ?」

席に戻ってきた向井が彩《いろど》りのいい弁当を広げる。明らかにコンビニ弁当ではない。自分と一緒に戻ってきたのに、どこでそんな美味そうなものを調達してきたんだ。

「あ、あふぃらふぁん」

顔をあげた向井が頰を飯でいっぱいにしながら喋る。行儀の悪さに眉を顰める。

「口に物を入れながら喋るな」

やはり口をもごもごさせて「すみまふぇん」と向井はお茶で口の中身を嚥下《えんげ》した。

「これはですねぇ、デリバリー弁当です」

「デリバリー弁当？」

「ほら、食堂の奥にデカいボックスが増えたじゃないですか」

「ああ、そういえば……」

自動販売機が並ぶ一角にコインロッカーのようなものが設置されていたのを思い出す。

「この前ニュースでも取り上げられてたんですけど見てません？　専用アプリから事前に注文しておくと好きな弁当がロッカーに届くんです」

言いながら向井はスマートフォンの画面をこちらに向けた。ずらりと弁当の画像が並んでいる。

「決済したらロッカー番号と開錠コードが送られて来て、自分の好きなタイミングで取り出せる仕組みです。味もイケてますし、時間も気にしなくていいんでお勧めですよ」

「へえ、ずいぶんと面白いもんやってんだな」

興味を示したのは後ろでカップラーメンを啜っていた丸岡だった。

「システム開発に国の補助金が出てるとかで、うちにも試験導入されたみたいです。時間通りに休みが取りにくいですからね、けっこう使ってる人いますよ。って言っても丸岡さんは奥さんの愛妻弁当があるから関係ないか」

言われた丸岡が、鼻で笑う。

「そんなの三日も持つかってんだ」

たしかに丸岡が弁当を持参しているのを見たことがない。今もカップラーメンだ。持参していると言えば水筒くらいだ。

「毎朝、俺が女房と馬鹿息子起こしてんだぞ」

「え、そうなんですか。じゃあ、その水筒って……」

「俺が入れてちゃ悪いか」

「え、あ、いや……、そんなことは、全然……あーっ、じゃあ、あれですね、ラブラブなのは暁さんと夜崎さんくらいですね！」

丸岡からぎろりと鋭い視線を向けられ、向井が暁に話を振った。ちょうど飲み込もうとしていた米の塊《かたまり》が変なところに入って、うぐ、と呻く。胸を叩いてやり過ごし、暁は「大丈夫ですか？」とのんきに聞いてくる向井を涙目で睨んだ。

「なんだそのラブラブっていうのは」

「えー、だって毎日、夜崎さんの手料理食べてるって聞きましたけど。それによく持って来てるおぼろ昆布《こんぶ》のおにぎりも夜崎さんお手製でしょ？」

「……あれは前日の米が残ったのを消費する為だ。趣味の悪い言い方をするな」

「でもほら、夜崎さん、暁さんのこと気に入ってるのはホントのことじゃないですか」

「あいつは人のことをおちょくっているだけだろう」

まさか知られようもないだろうが、正面から目を見られたら、あの一夜を感づかれる気がして視線を逸らしてしまう。居心地の悪さがまるで尋問を受ける容疑者のそれだ。

向井が「いやいやぁ」と行儀悪く箸を振って笑う。

「わりと本気で暁さんのこと好きだと思いますよ。だって夜崎さんって来る者拒まず去る者追わずのゆるゆるだけど、同僚には絶対そういうちょっかいは出さない人だって聞きましたもん。ね、丸岡さん」

「まあ、そこらへん、きっちり線は引く奴だな。……ずいぶん惚《ほ》れられたもんだ」

「…………そんなことは」

こういう話題には興味を示さない丸岡にまで肯定されて口籠もる。

そんな太鼓判《たいこばん》はいらない。特別扱いは前から大嫌いだ。ろくなことがない。夜崎のだってそうじゃないか。尻は揉まれるし、セクハラじみたからかいは受けるし、オカマバーで恋人だと勘違いされるし、腐った食材ばかりの冷蔵庫を片づける羽目になるし、寝坊した男を叩き起こしに行ったら事後の場面に遭遇したことだって何度もある。

同僚には絶対ちょっかいは出さない？　嘘をつけ。介抱の為とはいえセックスした。それも夜崎に気に入られているからだというのか？　じゃあ、よそよそしくなったのはあいつの特別じゃなくなったからか？

まだ半分は残っているおにぎりを食べる気が完全に失せていた。あんなに空腹を覚えていたのに、むしろ胃が膨れたような不快感がある。

暁は未開封のものもまとめてゴミ箱に捨てた。

「朝川！」

「……、はい！」

ドス、とゴミ箱の底で恨みがましい音が上がった時だ。見咎《みとが》めたかのような絶妙なタイミングで、芽村が声を張り上げた。条件反射で立ち上がる。完全に叱られる気でいた。だが芽村は珍しく満面の笑みを浮かべていた。

「媛村の身柄を確保したぞ！」

告げられたのは思ってもみなかった朗報だった。

「本当ですかっ？」

「ああ、今、赤羽警察署から連絡が入った。管轄の交番で拘束してるそうだ」

思わず詰め寄った暁に、芽村が力強く頷く。

「媛村って、暁さんがコンビニで鉢合わせて逃しちゃった強盗犯ですよね？」

「おい、ちったぁ言葉選べ」

仲間だろうが、と丸岡が向井を引っ叩いた。仲間、の一言が嬉しい。

「すいません、俺、責めるとかそういう意味で言ったんじゃないんです」

「分かってる、気にしてない」

「でも捕まって良かったですね。ずっと追ってましたもんね！」

向井に続いて、事情を知る者たちが「良かったな」と声をかけてくれる。取り逃がして以来気にかかっていた案件だ。逮捕の一報はそれだけで純粋に嬉しい。

暁はスマートフォンを取り出した。早く夜崎にも教えたかった。あの時は彼にも多大な迷惑をかけた。暁から直接伝えるのが誠意というものだろう。夜崎の番号を呼び出し、発信アイコンに親指を乗せようとした矢先、手の中で端末が震えた。電話をかけてきたのは、今まさに暁が電話をかけようと思っていた夜崎だった。

自然と唇が綻《ほころ》ぶ。弾む気持ちと同じ軽やかさで受話ボタンを押した。

「夜崎。ちょうどよか」

《翔悟がいなくなった》

「……――なんだって？」

電話しようと思っていたんだ、と続くはずの言葉が途切れる。固い声が告げた内容に暁の声も強張ったものになる。

《目を離した隙に、翔悟がいなくなった》

すまない、とついぞ聞いたことのない悔恨《かいこん》まみれの声が鼓膜を震わせた。

暁は「とにかく、そっちに行く」と告げた。場所は自宅から少し足を伸ばした所にある公園だった。自宅近くの遊具をメインにしている公園よりも広く、芝生もあるから学生がよくサッカーをして遊んでいる所だ。

「夜崎！」

路肩《ろかた》に停めた車から降りて、険しい顔つきの夜崎に駆け寄る。見つかったか、と聞くまでもない。その手には翔悟が肌身離さず背負っていたリュックがあった。

最悪の想像が脳裏をよぎる。

「いったい何があった」

暁の口調は自然、尖ったものになった。

「……そこのコンビニ行くのに、少し目を離してる間に見失った」

そこの、と夜崎が示したのは公園の向かいにあるコンビニだ。あまりにもあっけない理由。ぎこちなく首を動かして、見慣れたチェーン店の看板を目にし……――怒りが爆発した。

「何をしてるんだ、貴様は！」

胸倉を掴み上げる。殴るのはどうにか耐えた。

「すまん」

「…………っ」

謝って済む問題でないのは、夜崎も分かっている。そんなのは顔を見れば分かる。こんな厳しくも憔悴した夜崎は見たことがない。それでも怒りが治まらない。

「貴様はっ！」

「あのぉ……」

ふいに、探るような声をかけられた。夜崎に向けていたきつい視線をそのまま声のした方に向けると、意外な人物が立っていた。

暁のきつい一瞥に、わずかにたじろいだのは制服を着た警官だった。夜崎が翔悟を探す為に協力を仰いだか、あるいは通りかかって喧嘩の仲裁《ちゅうさい》に来たのかもしれない。

夜崎の胸倉を掴んでいた手を離す。面倒な質問を受ける前に、暁は懐から出した警察手帳を見せて「なんだ」と聞いた。身分に気づいた警官は姿勢を正し、「お話し中すみません」と前置きする。

「調書作成に、夜崎刑事から逮捕時の状況を伺いたいのですが」

「……逮捕？」

「おい、今は」

なぜか夜崎が焦り出した。

「はい、指名手配がかかっていた媛村です」

「……な、に？」

予期しなかった名前を告げられ、動揺する。

「偶然、夜崎刑事がコンビニに入っていく媛村を発見して、身柄を取り押さえてくれたんです！」

鈍器で頭を殴られたような衝撃だった。さっき暁に届けられた逮捕の一報。ここいらは赤羽署の管轄だ。奴は交番で身柄を確保されていると言っていた。

コンビニ。逮捕。夜崎が？

コンビニに入っていく媛村を偶然見つけて。逮捕の為に追いかけて。だから、翔悟を公園に残したのか。

（それならそうと、なぜ言わない！）

さっきとは別の怒りが込み上げる。それは暁自身に対するものだった。

事情も聞かず夜崎を責めた。無責任に目を離す奴ではないと重々承知していたのに。しかもそれは元を辿れば暁の失態が発端《ほったん》だ。

「どうして、言わなかった……」

「通報してすましゃよかったのに欲張った。俺のミスだ。お前のせいじゃない。わりぃ、ちょっと別件で問題が起きてな。話はあとでいいか？」

後半は会話に置いていかれた警官に向かってだ。

「あ、はい、それはかまいませんけど」

「ってーか、お前がしょっぴいたことにして適当に書いといてくれや」

「いやそんなわけには、あっ、ちょっと夜崎刑事！」

無茶《むちゃ》を言って、夜崎は車に乗り込んだ。暁も後を追う。警官には悪いが車を発進させた。途方に暮れる姿がバックミラーに映る。頭にはもう翔悟のことしかなかった。

車を徐行運転で自宅へ走らせる。もしかしたら迷子になっただけで、翔悟は家に向かっているかもしれない。

「それで？」

助手席の夜崎にかけた言葉は、いくぶんか冷静さを取り戻していた。

「ここいらは探しまくったけど、翔悟を見たって奴も不審者の情報もなかった。家にも一回戻ってみたがいなかった」

「そうか……」

「そっちは？」

「柿崎周辺に動きはない。奴はソープの方に行ってる。事件と無関係に連れて行かれた可能性も考えた方がいいな」

なにせあんなに可愛いのだから。

「所轄にも捜索の協力を頼んである」

夜崎が膝に載せたリュックを横目で見やる。翔悟が寝る時でもそばから離さないリュックだ。自発的にどこかへ行ったなら、これを置いていくはずがない。

自宅のマンションに着いたが、翔悟と思しき子供の姿はなかった。見つかると期待していたわけではないが、落胆は隠せない。

「俺はキャッツワンの方に行ってくる。柿崎が動いてるかもしれねぇ」

「わかった。俺はもう一度、公園の周辺を探してみる。視点が変われば何か見つかるかもしれないからな」

「ああ、頼む」

「リュックは置いていってくれ。聞き込みに使いたい」

持って助手席を降りようとした夜崎を止めた。手放す際、夜崎が一瞬、眉間に皺を寄せる。翔悟のそばを離れた時のことを思い出したのかもしれない。小さく丸い頭をそうする時の手つきでリュックを撫で、なんかあったらすぐ連絡する、と夜崎は駐車スペースに停めている車に向かった。

暁は別の道を通って公園まで戻ってみたが、やはりそれらしき子供の姿はない。

戻ると公園には数人の制服警官がいた。砂場で遊ぶ子供やそれを見守る母親に声をかけている。暁も合流してリュックを見せ、翔悟の背格好と今日着ていた服装を伝えてみたが、心配そうな眼差しを返されるだけで首は横に振られるばかりだ。

協力に礼を述べた時、電話が鳴った。夜崎からだ。勢い込んで出るも、柿崎に動きがないと告げられただけだった。

《ちぃとアワーのねえちゃんたちに心当たりがねぇか聞いてくる》

「頼む」

《ついでに柿崎にも知ってることを吐いてもらう》

「……くれぐれも合法の範囲内でだぞ」

それには笑い声らしき吐息が返されただけで通話は切れた。

子供の視点は低い。何度も立ち止まり腰をかがめて周囲を窺った。まさか入れないだろうと思うような所にも顔を突っ込んで「翔悟！」と呼んでみたが応える声はなかった。

脳裏に浮かぶ翔悟の姿が、うつ伏せに倒れ伏し真っ赤な血を流しているイメージに変わる。胴体から足元へじわじわと広がっていく血だまりとぴくりとも動かない手足……。

（何を考えてる！）

最悪を想像した自分を叱責して、暁は身を起こした。動き回ったせいばかりではない汗がじっとりと背中を濡らしていた。邪魔なネクタイを首から抜いてスラックスのポケットに突っ込む。公園から家に向かう道のりとは反対の方も探してみよう。迷って逆方向に行ってしまった可能性だって十分にある。

リュックを揺すって肩にかけ直す。ジャカ、といろえんぴつが音を立てた。それに暁は違和感を覚えた。足を止め、リュックの中身をひとつずつ取り出してみる。

「………ない」

最後のページまでびっしり描き込まれたお絵描き帳数冊といろえんぴつ。入っていたのはそれだけだった。まだ半分は白紙が残っていた新しいお絵描き帳と、翔悟が最初から持っていたクレヨンがない。

翔悟はそれだけ持って行ったのか？　それとも翔悟を連れ去った犯人が？　一体、何の為に？

嫌な予感が暁の肌をざわつかせた。何かを見落としている気がしてならない。

なんだ。何を見落としている。よく見るんだ。

逸《はや》る心臓を宥めて、リュックのポケットも全て開いて見落としがないか探す。

ふいに風が吹いて、前髪をなぶった。足元に置いたお絵描き帳も風に煽られて、ぱらぱらと色とりどりのページがめくれていく。暁はお絵描き帳を手に取った。カラフルなラインで一ページが埋まっている絵に既視感を覚える。以前にも見た絵だ。でも、その時は感じなかったものだ。

これに似たものをどこかで見た気がする。どこだったろうか？

暁は他のページも開いてみた。

そうだ、この絵は——絵と言っていいのかも分からないが——何度も出てくる。虹かテレビのテストパターンだと思っていた。だがこうしてじっくり見てみるとどうも違う。

色に法則性はない。何度も同じ色が使われている絵もあれば、色が多い絵もある。だがどれもラインの数が……十三本。念の為、その一冊に描かれたラインの絵を全て調べたが、色の配列は違っても本数はすべて同じだった。他のお絵描き帳もそうだ。

（これはなんだ？　俺はどこで見た？）

懸命に記憶を掘り起こす暁の携帯電話が再び着信を告げた。夜崎か、と画面を確認する。発信者は「非通知」となっていた。

緊張が高まる。暁は慎重に電話の向こうにいる相手に話しかけた。

「もしもし」

《朝川さん、ですか？》

柔らかい女性の声だった。小声だが張り詰めた様子はない。聞いたことのある声だ。

「…………もしかして、愛さん？」

相手が誰か思い当たり、暁の方が慌てた。先日のお礼を伝えねば。いやそれより自分にかけてきて平気なのか。危険を押してまでかけてくる重大事なのか。

気がつけば暁も受話口を手で覆い小声になっていた。
「どうしたんですか。電話して平気なんですか」
《うん。今、同伴で店外だから。お化粧直しって言って席外したの》
だからあんまり長く話せないんだけど、と前置きし、すぐに本題に入る。
《さっきキャッツワンの近くを通りかかったんだけど、翔ちゃんっぽい子を見かけたの。一人だったし違うかなとは思ったんだけど、……どうしても気になっちゃって》
「本当ですか！」
思わず叫んだ暁の脳内で、もうひとつの閃《ひらめ》きがあった。そうだ、思い出した。この絵はあれだ。クラブの入り口にかけられていたペンライトのオブジェ。あれとそっくりだ！
《やっぱりあれって翔ちゃんだったの？》
「実は……一時間前から姿が見当たらなくて。ありがとうございます、すぐ店に人を向かわせます」
夜崎がキャッツアワーにいる。キャッツワンなら目と鼻の先だ。
《あ、でもお店から出ていくみたいだったから、もういないかも……》
愛が力なく続けた言葉は希望に膨らんだ暁の胸をしぼませたが、手掛かりが見つかっただけでもありがたい。
「とにかく、行ってみます。翔悟がいなくても行き先を知ってる人がいるかもしれませんから」

前回も今回も、愛のおかげで救われている。どんなに感謝しても足りなかった。暁は「ありがとうございます」の一言に心からの感謝を込めた。

見つかったら愛にも報告すると約束して電話を切り、すぐさま夜崎に伝えて、キャッツワンに行くよう頼む。しゃべりながら夜崎が走り出したのが弾む声音で伝わってきた。

暁もサイレンを鳴らして車をキャッツワンに走らせる。けたたましい音と共に赤い光がボンネットをくるくると照らす。同時に暁の頭の中でもパズルのピースのように記憶の欠片がぐるぐると回っていた。

落ち着け。焦ってそれらをかき集めようとする己を宥める。間違った欠片が混じれば、答えはでない。

暁は慎重に記憶の欠片を掴んでいく。

ネグレクトといっていいほど翔悟に興味の薄かった結奈。翔悟の服のほとんどはキャッツアワーの同僚が貢《みつ》いでいた。それなのにクレヨンとお絵描き帳だけは立派な物を買い与えていた。

毎週、愛の下へ――キャッツワンへ通っていた翔悟。「今日はいつものお絵描きはしないの？」と聞いていた柿崎。夜崎がいじった後、柿崎によって几帳面《きちょうめん》に色を戻されたオブジェのペンライト。翔悟のお絵描き帳に何枚も残るオブジェの絵。誰にも見せないようにと翔悟に約束させた結奈。

柿崎の部屋で蹴飛ばしたゴミ箱から零れたコインロッカーのレシート。暗証番号さえ分かっていればいつでも好きな時に取り出せるボックス。最新式の暗証番号式キーレスロッカーに施されていたスプレーアート。そこに振られていた署名のような数字。もし、あれが署名に見せかけて実は数字の方がメインだったとしたら——？

猛烈《もうれつ》なスピードで組み上がったパズルがひとつの答えを浮き彫りにする。あのオブジェがクスリ受け渡しの暗号だとしたら、翔悟は知らないうちに運び屋の片棒を担がされていたことになる。

キャッツワンの近くで見かけた翔悟らしき子供。新しいお絵描き帳とクレヨンだけなくなっていたリュック。柿崎が翔悟の拉致《らち》に関わっていないのだとしたら、オブジェの暗号を知っていて、翔悟が積極的に協力する相手は誰だ？

そんなのは一人しかいない。

（比留田結奈！）

証拠はない、しかし確信はあった。

暁は即座に夜崎に連絡を入れた。

「夜崎！」

《どうした》

暗証番号

「キャッツワンには着いたか?」
《あとちょいだ》
「翔悟がいなかったら、ペンライトのオブジェを見てくれ」
《かまわんが、それがどうかしたのか》
「おそらくあれが梁川たち売人への受け渡しの暗号だ。あのペンライトは色が十五種類あると言っていたな。色が変わる順番は決まっているのか?」
《ああ、初期設定は全部同じだ。さすがに覚えてはないが、商品サイトにいきゃあ、書いてあるはずだ》
暁は自分の推理と、お絵描き帳とクレヨンが無くなっていたことを告げた。
翔悟は最近のお絵描きはいろえんぴつを好んでいた。それなのにクレヨンを持って行った。いろえんぴつは暁たちと食べたハンバーガーセットについていた物だ。結奈は存在を知らない。だから翔悟に「お絵描き帳とクレヨンを持ってきて」と言ったのではないだろうか。
電話の向こうで夜崎が「酷いことしやがる」と低く唸った。まったく、そのとおりだ。お絵描きは唯一といっていい、翔悟の好きなものだ。それをクスリの受け渡しに利用するなんて……あまりにも酷い。
「柿崎は今もあれで何かしらの受け渡しをしている。あるいは――」

《結奈たちをおびき寄せる為の罠《わな》、か》

「可能性は高い。彼女たちだって、カードや銀行口座が警察に監視されてるのぐらい分かってるんだろう。そうなれば別の方法で逃亡資金を調達しようとするはずだ」

真っ当なやり方では警察に見つかる。そうなれば非合法な手を使うしかない。だからといって自分たちを狙っている柿崎から横取りするのはあまりにも浅はかだが、彼女たちの行動はどれも後先を考えていないものばかりだ。大体、浅はかでなければ人を殺したりなんかしない。

足手まといになるから翔悟を置いて行ったくせに、金に困ったから翔悟を利用してクスリをくすねようと接触をはかったのだろう。どこまでも身勝手な奴らだ。

《キャッツワンに着いた。一旦切るぞ》

「わかった」

暁の返事を待たず、夜崎は通話を切った。再び繋がるまでの五分が途方もなく長く感じられた。

期待はしていなかったが、やはり「いない」と聞くのは辛かった。

翔悟がいないということは描き写し終えて結奈たちと合流しているということだ。急がなければ暁たちが該当のコインロッカーを探り当てる前に逃げられてしまう。

「それでオブジェはどうだ？」

《ああ、全部点灯してる。画像も送るが、色は上から赤、青、……──》
暗号はそう難しいものではなかった。それが何番目に点灯する色なのかを数字に直していけばいいだけだ。赤なら一、青なら二といった具合だ。ロッカーには三桁の数字が振られていた。ならばオブジェの最初の三色がロッカーを示す数字と考えていいだろう。次の三あるいは四桁がロッカーのボックス番号、最後の数字が開錠の暗証番号だとすれば数字が合う。
オブジェのライトは上の三本が赤、青、黄緑だった。つまり、１２９、の数字をペイントされたロッカーになる。
《あきちゃん、１２９が書いてあるロッカーは記憶にあるか？》
「いや、ない……」
クスリの売買は縄張りが厳しい。隠すとしたら、自分たちの縄張り内にするはずだ。それでもここいらの繁華街は広く、コインロッカーもそこかしこにある。
「罠だとしたら人目につきにくい場所を選ぶだろうな」
《警備局なら設置場所のデータを持ってるはずだ。貸しがある奴がいる。そいつに連絡してデータを送ってもらう》
「俺は課長に報告して、上からも協力を依頼してもらう」
《頼んだ》

ザリ…ッ、と車載無線が鳴ったのはその時だ。声を聞く前に、ギクリと心臓が嫌な音を立てる。

《柿崎に巻かれた！》

それはキャッツアワーで張り込みをしているチームからだった。電話越しに夜崎にも聞こえたらしく、「なんだと」と尖った声がスマートフォンからする。

《裏口から逃げられた！　すぐに追う！》

彼らにはまだ結奈と行野のことを報告していない。暁はすぐに無線機を取り上げ、柿崎が結奈たちと接触する可能性が高いことを伝えた。奴が捜査官を巻いて動いたとなれば、いよいよ危険だ。

（時間がない）

データはいつ届く。応援の人員が来たとして、コインロッカーはいくつもある。一《いち》か八《ばち》か、目星をつけた所に行ってみるか。だが空振りに終わったらどうする。翔悟が結奈たちと一緒にいるなら、柿崎に先を越されれば一緒に殺される可能性が高い。

もっといい方法はないのかっ。

無心でクレヨンを動かして絵を描いている翔悟が思い浮かぶ。オブジェだって、あの子は純粋な気持ちで描いていたはずだ。もしかしたら結奈に頼まれたからと、いつもより張り切って描き写していたかもしれない。

「――――……、そうだ」

　ゾウさんを描いて、とねだられて快く引き受けていた翔悟を思い出した。リクエストを口にした柚原の顔も。

　駄目かもしれない。だが何か分かるかもしれない。藁《わら》にもすがる思いで暁は生活安全部の番号を呼び出し、至急保安課の柚原に取り次いでほしいと頼む。

《朝川さん、どうしたんですか？》

　柚原は暁からの突然の電話に驚いていたが、詳細を説明している時間はない。

「先日、コインロッカーのスプレーアートの話をしましたよね。翔悟を見てもらっている時に」

《え、ええ》

「あれはその後、保安で対処はしましたか？」

《すみません、せっかく教えてもらったんですけどまだ……》

「……そうですか」

　申し訳なさそうな返しに落胆が隠せない。仕方がない、あの話をしてまだ数日だ。コインロッカーへのいたずら書きなんて急を要する案件ではない。

《ペイントされていたロッカーを特定するくらいしかしてなくて》

「したんですか⁉」

だが続いた言葉は、暁を興奮させるには十分な内容だった。
「写真！　写真は撮ってありますかっ？」
《はい、デジカメで場所と撮影時間を入れて》
「見てもらえますか、いますぐに！」
《ちょっと待ってくださいね、データを呼び出します》
言葉尻を奪う勢いの暁に、彼女も切迫した状況を読み取ってくれたらしい。おっとりとした口調がテキパキと端的なものに変わる。
《ありました。何を見ればいいですか？》
「その中に、129と書かれたロッカーはありませんか」
《129ですね。129…129……あ、ありました！》
「場所はっ？　どこにありますか！」
柚原が読み上げた住所はキャッツワンとはずいぶん離れていた。
《再開発で隣は工事中の現場ですね。交通規制で車も入れないし穴場な場所です》
間違いない、そこだ。
「ありがとうございます、恩に着ます。そこの場所を一課長の芽村と夜崎にも伝えてもらえますか。あいつの電話番号は……――」
聞き取った番号を復唱した柚原に再度、よろしくお願いしますと頼み、暁は急ハンドルを切った。乱暴な運転でも、赤い回転灯をのせた覆面パトカーにクラクションを鳴らすドライバーはいない。

気取られないよう、教えてもらった場所から一区画離れた場所に車を停め、コインロッカーの設置場所に向かう。

ここは同じ街か、と疑いたくなるくらい人気がない。駅まわりの喧騒《けんそう》も高いビルに弾かれてでもいるように届かず、電車が線路を蹴飛ばしていく音だけがかろうじて遠くに響いていた。

知らなければ探しもしないような一角だ。だが教えてもらった通り、そこには最新式のコインロッカーが設置されていた。

周囲に神経を配る。注意深く探ったが人の気配はない。まだ来ていないのか、もう去った後なのか。確かめるべくコインロッカーに近づいた。

こんな場所だというのにボックスの半数は使用中を示す赤ランプが点灯していた。各扉の右隅に振られている数字は四桁だ。全て三から始まっている。オブジェの四つ目の色は白。三番目の発光色でボックス番号と一致する。

「白、水色、紫、白……3、0、6、3か……」

色を数字に変換して探す。

「あった。これだ」

該当のボックスはまだ赤ランプが点灯していた。中身が取り出されていない。結奈たちの先回りが出来たのか。

（いや、一度取り出して閉め直した可能性もある）

確かめる術はひとつ、オブジェの暗証番号で開くか否かだ。

悩むまでもない。

暁はタッチパネルの前に移動した。荷物の取り出しを選択して該当のボックスを選ぶ。画面は数字のキーパネルに変わり、暗証番号の入力を求められる。

「黄色が8、緑は5、……」

スマートフォンの画面と交互に確認しながら打ち込んでいく。三つ目は……、と視線を落とした画面に、ふ、と影が差した。

ついで後頭部に強い衝撃。

「……ッ、…」

ビチャッ、とスマートフォンの液晶画面に赤い雫が飛び散る。血だ、と思うと同時に前のめりに倒れ込んだ。目の前が急速に暗くなっていく。

（だ、れ……）

頭皮をぬるりと生温い感触が伝う。黒く塗り潰されていく視界に赤が混じる。それが自分の血だと認識する前に、暁は意識を手放した。

激しく殴りつける音がした。うぐ、と気持ち悪さが胃から込み上げ、それ以上にズキズキと激しい頭痛に見舞われる。

自分は何をしていた。ここはどこだ。どんな状況だ。

また殴打音《おうだおん》、いや蹴りつけているのか。鈍く肉を打ちつける音に苦しげな呻きが続いた。すぐ近くだ。

「や、やめて、やめてよぉ」

「死んじゃうってばやめてよぉ…っ！」

幼い声が震えながら懇願《こんがん》した。それに涙混じりの女の声。パチンと風船が弾けるように思い出す。

（そうだ、ロッカーを見つけて。開けようとしたところで――）

誰かに後ろから殴られたのだ。そろ、とゆっくり薄目を開けた。途端に眩暈《めまい》がした。脳《のう》震盪《しんとう》を起こしている。少しでも頭を持ち上げようとすると重力に引っ張られる感覚に襲われた。

頬で感じる冷たさで固い場所に転がされているのは分かっていた。数メートル先に、履き古したスニーカーと、見覚えのあるよく磨かれた黒い革靴が見える。

（俺、の……靴？）

小さく足の指先を動かすと開放感があった。靴を脱がされている。

誰かが自分の靴を履いている。柿崎だった。

尖った靴先で床にへばった男を何度も蹴り上げていた。助けを乞う気力も失くしている男の顔は血まみれで、だいぶ変形していたが行野のようだった。蹴られる度に血を吐いている。

まんまと柿崎の罠にハマり捕まったのだ。その奥に結奈と翔悟がいた。膝を抱えて座り込む二人の顔は蒼白だったけれど、暴行を受けた形跡はない。ほんの少しだけ安堵する。

「バカ二人だけ、連れて、来い、っつっただろうが！　何、刑事まで、拉致って、きてん、だよっ、アホが！」

言いながら、柿崎が行野の腹を踏みつける。

「す、すみません！」

身を縮めて謝ったのは柿崎の横に立つスニーカーの若い男だった。見た顔だ。茶髪に片耳ピアス。たしか——キャッツワンでクスリ入りの水を持ってきた男だ。

「謝ってすむか、ボケ！」

行野の顎が蹴りあげられて唾液混じりの血が飛ぶ。跳ね上がった顔が地面に落ちた。

悲鳴をあげて、結奈が顔を手で覆った。翔悟は逆に目をいっぱいに開けて凝視していた。

唇が真っ青だ。

小さく身じろいでみると、背後に回された手首に食い込む痛みがあった。拘束されている。どれくらいの時間が経ったのか、正確に確認する術はなかったが、頭から顔に流れてきた血が乾き切っていない。そう長い間、気を失っていたわけではなさそうだ。

ここがどこなのか、確認しようと周囲に視線を向ける。その時、顔も動いてしまったらしい。悪態をついて行野の顔を蹴飛ばしていた柿崎が、ピタリと蹴るのをやめた。血に汚れた革靴がつま先の向きを変えてこちらに近づいてくる。暁は諦めて目を開けた。

「朝川さん、お目覚めになったんなら挨拶してくださいよぉ」

相変わらず粘っこい喋り方だ。にたりと口端を歪め、両腕を広げた柿崎が鼻先で立ち止まる。

「あきらくん……っ」

悲痛な声が暁を呼ぶ。柿崎から一瞬だけ視線を外し、「大丈夫だ」と安心させる笑みを翔悟に向ける。翔悟の唇が笑みらしきものを返そうとしてひくり、と痙攣する。

当たり前だ、怖いに決まってる。あんな小さな子供の前でなんてものを見せるんだ。

憤りの籠もった視線を柿崎に向けた。気障《きざ》ったらしい仕草で前髪を掻き上げ、柿崎がしゃがみ込む。結奈と翔悟を指差し「逃げないように見張っとけよ」と背後の若い男に命じた。

近づかれて、柿崎の息が荒いことに気がついた。頬が紅潮し、瞳孔《どうこう》が広がって不気味に爛々《らんらん》としている。

「手荒なことしちゃってすみません。朝川さんを巻き込むつもりはなかったんですよ?」

伸ばされた手がこめかみの血を拭う。

「それなのにうちのバカが」

親指の腹に付着した血で紅《べに》を引くように、固く閉じた暁の唇に塗りつけられた。血のにおいが鼻孔に流れ込む。

「朝川さんまで連れて来ちゃうから、こうするしかなくなっちゃいまして」

恍惚《こうこつ》とした目が暁を見下ろす。指が何度も唇の上を往復する気持ち悪さに目尻が痙攣した。

「あ、もしかして感じちゃいました?」

下世話な勘違いで笑みを深める柿崎に吐き気を覚え、たまらず顔を振って手を払いのけた。途端に頭が揺れて眩暈に襲われる。

上機嫌だった男の顔が忌々しげに歪む。柿崎の感情の起伏が異常だ。

「店長が近づく奴は全員連れて来いって言うものだからてっきり……」

「うるせぇっつってんだろ!」

「…う、がっ」

立ち上がって怒鳴る柿崎に、突然腹を蹴られた。たまらず身体を丸めて咳き込む。暁の靴を履いた足が地団太《じだんだ》を踏んだ。

「あれか、つまり俺が悪いって言いたいのか、あ？」

詰め寄った柿崎に、手下の男がぎょっと目を剥いた。咳き込んでいた暁も目を見開く。柿崎の右手に銃が握られている。

（クスリだけじゃなくてあんな物まで！）

銃口で胸を小突かれた男が必死で首を振る。

「違います！　俺です！　俺が悪いんです！」

「だろう？　最初からそうやって認めりゃいいんだよ、まったくよぉ。ほんと、不出来な部下ですみませんねぇ」

にっこりと満面の笑みで柿崎が振り返る。銃口を下げられ、脱力するように安堵した『不出来な部下』と対照的に、暁は緊張を高めた。今度は暁にその銃口が向けられていた。

「ほんと、綺麗な顔してますよね、朝川さんって」

さらさらと額にかかる前髪を梳《す》かれる。

「……柿崎、もう諦めろ。じきに警察が来る」

嫌悪感を抑え込んで好きにさせたまま、暁は説得を試みた。

「今ならお前の罪は違法薬物と暴行罪だけだ。殺人罪の行野と結奈とは違う。自首すれば奴らより軽くて済む」

　暁の目元を指の背で撫でながら、柿崎は鼻歌を歌っていた。明らかにおかしい言動は、クスリをキメている躁鬱《そううつ》状態のせいだ。少しの刺激で幸福感が絶望感へとベクトルを変える。そうなったら何をしでかすか分からない。

「朝川さん、俺のこと心配してくれてるんですか？」

　そんなわけあるか。自惚《うぬぼ》れた男の発言に唾を吐いてやりたかったがどうにか笑みを作る。

「ええ、そうですよ」

　刺激しては駄目だ。あくまでも柿崎に利があるように思わせなければ。

　頬を包み込んだ手が、血をべったりと塗り広げて、慰撫《いぶ》するように耳の裏を指先で擦る。

　にんまりと柿崎の唇が弧を描いた。

「だーいじょうぶですよ。あいつをね、ヤッたのは朝川さんですから」

　耳打ちされた言葉の意味を掴みあぐねた。柿崎は何を言っているんだ？

　柿崎の内緒話は続く。

「ドジ踏んで捕まった朝川さんをあいつがレイプして、油断したところを形勢逆転！　今度は朝川さんがボッコボコにして殺しちゃうってシナリオです。で、恋人を殺された女が銃を奪って朝川さんをズドン。復讐を終えたら男追っかけてガキと一緒に無理心中。俺は今まで通り楽しい毎日。どうです、完璧な筋書きでしょう？　その為に朝川さんの靴を借りたんです。これ、履き心地いいですね。さすが刑事さんの選ぶ靴だ」

柿崎が歌うように語った計画は何もかもが破綻《はたん》していた。上手くいきようがない。だがクスリで高揚している柿崎は、本気で完璧だと信じている。

応援はまだ来ないのか。もう来てもいい頃合いだ。ここから見えたビル群は角度が変わった程度で見覚えがある。白い衝立《ついたて》と建築資材、剥き出しの鉄骨とアスファルト。柚原の言っていた再開発中の工事現場だろう。

コインロッカーの周辺にも殴られた時の血が残っているはずだ。夜崎なら何かがあったと気づいてくれる。あの場所は車が入れなくなっていたから、周辺から探してくれるはずだ。

どうにかして時間を稼がなければ。

「レイプって、その男にはもう難しいんじゃないですか?」

ひゅぅひゅぅ、と浅い呼吸の行野の目は焦点を失ってうつろだ。

「一番に気にしちゃうとこがそこだなんてエッチだなぁ、朝川さん。安心してください、レイプはね、俺がしてあげますから」

しゃがみ込んでいた柿崎は地面に膝をつくと、ほら、と腰を突き出した。股間はあきらかに勃起していた。柿崎の手が暁の尻に回って撫でまわす。

「……っ、…」

「この前、出来なかったですもんね」

嫌悪で鳥肌が治まらない。ところがぴたり、と手が止まった。「あー……」と柿崎が喉の奥から低い声を出したかと思えば、いきなり尻を鷲掴まれた。

「ねえ、朝川さん、あの後どうやって処理したんです？」

冷ややかな声と生ぬるい息が耳に注がれる。遠慮のない手がスラックス越しに割れ目へとぐいぐい指を押し込んでくる。

「だって、前だけじゃ全然足りなかったでしょ？　ケツん中ぐっちゃぐちゃにされないと満足できないクスリですもん、あれ。…………もしかして、あの髭面に突っ込んでもらいました？」

「……──ッ、…」

動揺を隠せなかった。生々しく思い出してしまい、かっと頬が熱を持つ。

「……マジかよ。あのおっさんのちんぽ咥えちゃったわけ？　俺がまだ味見してないのに？　ねえっ！」

ゆらりと立ち上がった柿崎に鳩尾《みぞおち》を蹴りつけられる。痛みで呼吸が詰まり、ついで激しく咳き込んだ。

柿崎は構うことなく暁の傍から離れていく。どこに、と行く先を追えば、柿崎は虫の息で突っ伏している行野をつま先で仰向けに転がした。

「もしかしてさっきのも、こいつの突っ込んでほしくて聞いたんですか？」

靴底の汚れを拭き取るように柿崎が行野の股間を踏みにじる。潰れた蛙《かえる》のような悲鳴をあげ、行野が呻いた。

唾を吐き捨てた柿崎が口端を歪めた。

「そうはさせませんよ」

だらりと下がっていた右腕が、銃口を行野のこめかみに押し宛てた。カチリ、と撃鉄《げきてつ》があげられる。引き金にかけた人差し指に力が籠もった。

「や、めろ……っ」

「って言われてやめるわけないでしょ」

柿崎はあっさりと、引き金を引いた。軽くさえ思える発砲音《はっぽうおん》が響く。

衝撃に行野の四肢がびくんっと跳ね、それきり動かなくなった。

血だまりが広がっていく。柿崎の履いた暁の革靴を赤く濡らしていく。

「ひ、…ぃ、いやあああああああああっ」

結奈のひび割れた唇からパニックに陥った悲鳴が迸《ほとばし》る。翔悟も結奈につられたかのように泣き出した。大粒の涙がぼろぼろと零れる。手の甲で拭っても追いつかない雫が幸福で染まるべき頬を恐怖で濡らす。

「いやあああああああ、やあああああ、ぃやあぁぁあぁ」

「うえぇぇ、っゆう、…ゅうなちゃあぁぁ」

だめだ。これ以上、柿崎の神経を逆撫でしたら次の矛先が――。

「しょ、…うご！」

暁は絞り出した声は二人の泣き叫ぶ声にかき消される。

腰が抜けたのかぺったりと座り込んだまま、ずりずりと後ずさって背後の壁にぶつかった結奈に、よたよたと翔悟が両手を伸ばして歩み寄った。小さな手が結奈にしがみつく。まるで縋りつくようにも、守っているようにも見えた。

「あああああああああっ、うるさいうるさいうるさいうるさいうるさああああいっ！」

また銃声が響いた。頭を掻き毟った柿崎が地面に向けた拳銃の引き金を引いたのだ。

ひっ、と結奈が凍りつく。翔悟の悲痛な泣き声だけが続く。

唇を歪めた柿崎の目は血走っていた。癇癪《かんしゃく》を起こした子供のように動かなくなった行野を蹴飛ばす。もはやそこに正気はない。

「お前のっ、お前らの！　くその役にも立たないお前らのせいで！　俺まで破滅《はめつ》じゃないか！　この、くそどもがっ！」

「か、柿崎さん落ち着いて……っ」

「うるさい、触るな！　テメェもぶっ殺すぞ！」

「ぎゃっ」

諌《いさ》めようと伸びてきた手を振り払い、柿崎が振り上げた銃のグリップで男の顔面を殴る。大げさな叫び声をあげてうずくまった男は、柿崎の視界に入ることを恐れてそのまま動かなくなった。翔悟の泣き声がさらに激しくなる。

ぴく、と大げさに柿崎の肩が揺れた。

(まずい……っ)

「だーから、ガキは嫌いなんだよ。うるせえっつってんのにギャアギャア泣きやがって！黙れねぇんなら黙らせるしかないなぁ」

「柿崎、やめろ！」

足元に向けられていた銃口が、今度は翔悟に照準を合わせた。

渾身《こんしん》の力で上体を起こすが、ぐにゃりと景色が歪んだ。たった数メートルが絶望的に遠い。

駄目だ、間に合わない。

奇妙に研《と》ぎ澄《す》まされた思考が冷静で残酷な結論を導き出す。

「いやあぁぁっ」

結奈の悲鳴に銃声が重なった。どさ、と重い音が地面に響く。とさ、ともうひとつ、突き飛ばされた小さな体が地面にぶつかる。

腕を伸ばした不自然な形で、結奈が地面に突っ伏して動かなくなった。じわり、じわりと上半身の下から血が広がっていく。

伸びた腕の先で、尻もちをついた翔悟が目も口も大きく開けたまま、茫然とそれを見つめていた。

「翔悟、見るんじゃない！」

「ぁ、あ…ぁ…」

動くと内臓が全部ひっくり返ったみたいな気持ち悪さに襲われる。それでも這いずって、暁は翔悟と結奈の間に身体を捻じ込んで翔悟の視界を遮る。座っていることも困難な暁には、それしか手だてがなかった。

胸に当たる翔悟の額から小刻みな震えが伝わってくる。ぎゅっとシャツを握りしめる手を、握ってやれないのがもどかしい。

「あーあー、朝川さん、せっかくタイプだから一発ヤッてからと思ってたけど、もういいや。もぉうっ、いいや！」

肩越しに柿崎を睨むが、意に介することなくへらりと笑われた。血走った目が視線を下げる。暁が庇う下から翔悟の足がはみ出ていた。まだピカピカの黒いスニーカーを見て、ぎぃ、と裂けたかと錯覚するいびつな笑みを浮かべる。

「くそ女のくそガキと一緒に死ね」

歯を食いしばったのは翔悟にこれ以上、悲鳴を聞かせたくなかったからだ。痛みを覚悟して目を瞑った瞬間、乾いた銃声が響いた。

「……ッ、！」

「う、がっ…」

呻き声がふたつ、背後で上がった。

「…………？」

たしかに銃声は聞いたのに覚悟した痛みはなかった。ガツン、と鈍く打ちつける音がする。そうかと思ったら目の前に拳銃が滑り込んできた。

「この、クソ野郎がっ！」

「――ッ、夜崎！」

見るからに重たい夜崎の拳が柿崎を吹っ飛ばしていた。わっ、と夜崎の背後から見知った顔がいくつも飛び出し、柿崎を地面に押さえつける。隅に隠れていた仲間の男も同じように取り押さえられた。

「柿崎、殺人未遂の現行犯で逮捕する！」

「離せ！　離せぇ！　ぶっ殺してやる！　今すぐ離せクソどもがっ！」

手錠をかけられても、柿崎は口端から泡を吹いて怒鳴り散らし抵抗を続けていた。

「大丈夫ですか、暁さん！」

いつの間にか向井が暁のそばにしゃがみ込んでいた。ポケットから取り出したアーミー

ナイフの小鋏《こばさみ》が、暁の手首に食い込むバンドを切る。ブツ、と弾ける音でようやく腕に自由が戻った。じん、と指先が痺れて、かなりのきつさで縛られていたのだと知る。

翔悟は急に増えた人の気配に怯えていた。

「翔悟、もう大丈夫だ」

ゆっくりと上体を起こし、後頭部に回した手で肩口に顔を埋めさせた。「救急車、早く！」と叫ぶ声が聞こえる。視界の隅には、結奈と行野の生死を確認する捜査官の姿が映った。翔悟に見せるわけにはいかない。

相変わらずぐらつく視界だったが、背後の資材にもたれかかってどうにか体勢を保つ。「大丈夫、もう大丈夫だからな」と翔悟の頭を撫で続けながら、夜崎の姿を探す。入り乱れる捜査官の中にいても、頭ひとつ飛び抜けている男は見つけやすいはずなのに、どこにも見当たらない。

「夜崎さんっ！」

かわりに緊迫した声が鼓膜を打った。

「もっと強く患部《かんぶ》圧迫しろ！」

「夜崎、動くな！　さっさと救急車呼べっつってんだろうが！」

丸岡がしゃがれた声で叫ぶ。

「や、ざき……？」

捜査官の頭上ばかりに向けていた視線を足元に下げる。人だかりの真ん中に真っ青な顔で倒れている夜崎がいた。

「夜崎！」

翔悟を抱きかかえて立ち上がり、夜崎の傍まで近寄った。

夜崎の腹部が真っ赤に染まっていた。捜査官の一人がジャケットを押しつけて必死に圧迫している。それでも血はシャツに赤い染みを広げていく。

あの時、銃弾から身を挺《てい》して守ってくれたのだと、やっと理解した。

「や、夜崎……」

目を閉じていた夜崎が、暁の声に睫毛を震わせ目を開ける。視線が一瞬さまよい、暁と翔悟を見つけて、かすかに目尻を和ませる。

「ゆ、ごくっ……」

おそるおそる振り返った翔悟が夜崎を見て、またぼろぼろと泣き出した。

「翔悟、けがねぇか……？」

「ない。心配するな」

翔悟の代わりに暁が答えた。まろい頬を濡らす涙を手の平で拭い、また強く抱きしめて夜崎から視線を外させる。肩に押しつける力加減が上手く出来ているのか、暁自身にも分からなかった。もしかしたら力が籠もり過ぎているかもしれない。それでも緩めてやれなかった。

「あきちゃん、は」

「俺も平気だ」

は、と喘ぐように夜崎が息を吐く。

「うそ、つけ……せっかくの美人が、血みどろっ、…」

咳き込んだ夜崎の口から飛んだ唾液に血が混じっていた。出血が多い。

「馬鹿野郎、無駄口を叩くな、黙ってろ！」

死、という単語が脳裏を過る。唇を噛みしめ、不吉な予感を振り払った。

こいつがそんなにやすやすと死ぬものか。そう自分に言い聞かせる。

「その顔、けっこう…クるな」

苦しげに胸を喘がせているくせに、くは、と夜崎が笑う。そうしてまた咳き込んで血を吐く。

「冗談を言ってる場合か、貴様は！　……っ、死ぬんじゃない！　死んだら二度と口を聞かないからな！」

夜崎の目は潤み、目蓋が震える。ふと視線が暁を通り過ぎて遠くを見る。それがたまらなく怖くて悪態をついた。焦点が戻る。暁を見て、眩しそうに細くなる。

「死んだら、くち、きけねぇ、っての……」

持ち上がった夜崎の手が、血のこびりついた暁の頬に触れる直前、ぱたりと落ちた。

「おい、夜崎……夜崎！」

ぜ、ぜ、と雑音混じりの喘鳴が忙しなく繰り返される。肌の色は土気色《つちけいろ》に変わり、額にびっしりと汗を浮かべていた。

ようやくストレッチャーを抱えた救急隊員が「こっちだ！」と腕を振る捜査官に呼ばれて駆け寄ってくる。救急車に運ばれていく夜崎を、暁は呆然と見送るしかなかった。

しがみついてくる翔悟だけでもせめて安心させてやりたくて、「暁さんも手当を」と促されるまで暁は小さな背中をひたすら撫で続けていた。

＊

抜けるような青い空だった。雲ひとつない。風も穏やかで軽やかだ。

柔らかい風に吹かれて前髪が乱れる。暁は指先で梳いて流れを戻した。ついでに後頭部のかさぶたにも伸ばしたくなるのをぐっと堪える。後頭部の打撲は八針縫う、それなりに大きな裂傷《れっしょう》だった。昨日、やっと抜糸《ばっし》したばかりだ。嘘か本当か知れないが担当医に

「引っ掻くと傷が開きますからね。でっかいハゲが残りますよ」と脅されている。どちらも避けたい事態なので、傷痕には触らないようにしている。

かわりにネクタイの結び目に触れ、軽く揺らして歪みを整えた。

「重くないか、翔悟？」

「おもくない、へいきよ」

「……そうか」

隣を歩く翔悟の小さな歩幅に合わせて暁もゆっくりと歩いていた。よたついているので聞いてみたが、きりりと顔を引き締めて強がるから、それ以上は口を出さなかった。

んしょ、と抱え直された花束のラッピングがカサカサと音を立てる。

道すがらのフラワーショップで買った花束は、翔悟の両手で抱えきれないくらい大きい。それでも持ちたい、と言うので、暁は花束係を翔悟に譲った。

柿崎の逮捕から一週間。ようやく事後処理が落ち着きつつある。

奴が郊外に他人名義で借りていた一軒家からは、危険ドラッグの原料となる違法薬物やハーブ類が一トン近く発見された。総額にして十五億円相当だ。それだけの量がありながら、製造販売に関わっていた人数は主犯の柿崎、売人の梁川と行野を含め、たったの六人だった。

柿崎が店長を任されていたソープランド『キャッツアワー』とキャバクラ『キャッツワン』

にも強制捜査が入り、従業員三名を逮捕した。三日間は営業を停止していたが、四日目から新しい店長が派遣されてきて営業を再開したらしい。たくましいな、と教えてくれた愛に思わず零してしまった。

彼女には混乱が落ち着いてから、ようやく連絡することができた。すでに夜が明け、翌日になっていたが彼女はすぐに電話に出た。ずっと翔悟を心配して待っていてくれたのだ。翔悟が無事なことに良かった、と声を震わせた愛を、結奈よりよほど母親らしいと感じたが、口にはしなかった。

殺人を始め、柿崎の罪状は並べ立てればきりがない。クスリが抜けた柿崎は取り調べに概《おおむ》ね素直に応じているが、発砲についてはクスリでよく覚えていないと否認している。物的証拠も現役警察官の目撃証言もあるのに、取り調べ室の椅子に座る柿崎は妙に堂々としていて、何度殴り飛ばしに押し入ってやろうかと考えたかしれない。

行野は即死だった。結奈も、運び込まれた病院で死亡が確認された。梁川の殺人事件は被疑者死亡のまま書類送検され、捜査本部は解散となった。

翔悟は暁と共に傷――膝と手を少し擦りむいていた――の手当てを受けた。結奈の死は伝えていない。悪いことをしてしばらく遠くに行かないといけなくなった、と伝えたのは芽村だ。「お前はあの子を追い詰める立場になるな」と辛い役回りを引き受けてくれた。

じっと芽村を見つめて「ゆうなちゃんにあえないの？」と聞いた翔悟は「会えない」と明言さ

れ、しばらく黙った後、こっくりと頷いた。

芽村と入れ替わりで翔悟の前に膝をついた暁は、ぼんやりとした表情の翔悟を抱きしめた。やがておずおずと翔悟の手が掴んだ暁のシャツに、嗚咽が涙と一緒に染み込んできた。

あれっきり翔悟は結奈の名前を口には出していない。幼心にも、うっすらと別れを感じ取っている。いずれ死の意味を知ることになるだろう。けれど一日でも長く、平穏な時間を与えてやりたいと思っている。

「ゆうごくん、いるかな？」

翔悟が不安を滲ませて問う。暁はすぐに頷いた。

「いるよ。いなくても翔悟が来たと知ったらすぐに来る」

「……くるかなあ」

「あたりまえだ、すっ飛んでくる」

廊下の突き当りが目的地だ。扉は左右に等間隔《とうかんかく》で並んでいたが、向かいの部屋には名札がなく、どうやら今は空き部屋のようだ。

「翔悟、襟が折れてる。直すから、そのまま動くな」

「ん」

見えない首元を見ようときょろきょろ首を動かす翔悟を諫める。ベストに引っかかって曲がっていた襟を丁寧に整えてやった。

今日の翔悟は、一張羅《いっちょうら》とまではいかないけれど、持っている服の中で一番上品に見えるコーディネートだ。紺色のチノパン、白いシャツとVネックの紺色ニットベスト。背負ったリュックが浮いているがそこはご愛嬌《あいきょう》だ。

暁も紺のスーツと襟端にブラックラインのシャツと、水色のストライプネクタイで翔悟のコーディネートに合わせていた。姑息《こそく》だがお揃いにすることで少しでも似ている雰囲気を出したかった。

無意味な咳払いをし、緩く握った拳でノックした扉をスライドさせた。

「入る、…」

「きゃっ」

「お？」

入るぞ、と言い終える前に、暁はとっさに翔悟の視界を手で塞いだ。

「……まっくらー」

「やざ、きさまっ、なにを…っ」

「早かったなぁ、あきちゃん」

青筋を浮かべる暁に焦る様子も見せず、夜崎がおっとりと声をかけてくる。その手はベッドに乗り上げ、夜崎の肩に手をかけた女性看護師の腰に回ったままだ。

いかがわしいことをしていましたと言わんばかりに密着していた。飛び退くようにしてベッドから降りた看護師は、暁から顔を隠すようにして病室を出て行った。横をすり抜けていく彼女の潤んだ瞳と一瞬目が合う。キスをしていたのだと確信した。

なんて男だ。ベッドで顎の無精髭を擦りながらにやつく夜崎を睨む。

腹を撃たれたというのに、この精力と手の早さ。個室なんて与えずに、いびきが四重奏を奏でる大部屋にでも放り込んでおけばいいのだ。

「あきらくん、おめめまっくらだよぉ」

「あ、ああ、すまない。もういいぞ」

もぞもぞと嫌がって頭を揺らす翔悟に、目隠しをしたままだった手を慌てて外した。窓から差し込む陽の眩しさと相まって、翔悟は何度かまばたきを繰り返してから、「ゆうごくん！」と夜崎に駆け寄っていく。

夜崎の笑みが、慈愛の籠もったものに変わる。

「よぉ、翔悟、今日はずいぶんとめかし込んでんじゃねぇか」

「あきらくんとねぇ、おそろいなの」

「ああ、親子みたいだ。それは？」

頭をくしゃくしゃと撫でられた翔悟が姿勢を正す。

「ゆうごくんにおみまいのお花です。はやく、えっと……おそとにでられますように！」

「ありがとな」

なんて言えばいいの？　と聞かれて暁が教えたセリフを告げた翔悟だったが、「退院」の単語は忘れてしまったらしい。

夜崎はあれだけ血を流して一時はあわや……、となったものの、こうしてピンピンしている。弾は奇跡的に主要臓器を傷つけることなく体内に留まっていた。あと数センチ横にズレていたら危なかったとは執刀医《しっとうい》の言葉だ。まったく悪運の強い男だ。

血色も良く病衣を着ていなければ、仕事をさぼってベッドで自堕落《じだらく》に過ごしているようにしか見えない。

「つっ立ってないで、あきちゃんもこっち来いよ」

手招かれて、暁は渋々とベッドサイドの椅子に腰を下ろした。翔悟は抱き上げられて夜崎の隣に座った。「リンゴジュースあるぞ」とベッドサイドの簡易冷蔵庫から取り出したパックジュースには、なぜか「幼児用」と書かれていた。一体誰から貰った見舞い品なのか。

暁は課内の面々から託《たく》された伝言と捜査の報告をかいつまんで話した。その後は夜崎と二人で翔悟の話に耳を傾けた。

事件後も変わらずリュックとそこに詰め込んだお絵描き帳は翔悟の宝物だ。ここ数日で描いた新しい絵を広げて、ひとつずつ「これはね」と夜崎に教えている。

朝の番組でライオンの赤ちゃんが生まれたというニュースを見たと話していたところで、病室の扉が控えめにノックされた。もう病室を訪ねてから三十分が経っていた。

早いな、と名残を惜しみつつ、「どうぞ」と入室を促す。

「お話し中のところごめんなさい。でもそろそろ……」

緩いパーマのかかった髪を耳にかけた来訪者の女性は、申し訳なさそうに語尾を濁す。

「ええ、分かっています」

約束の時間は過ぎている。仕方がない。

「翔悟」

「…………うん」

さっきまで目をキラキラと輝かせてあれもこれもと喋っていた翔悟は、見るからに気落ちしている。かわいそうだが今は耐えるしかない。

翔悟はのろのろとリュックにお絵描き帳を仕舞い、もたもたとベッドを降りた。

今現在、翔悟は暁と暮らしていない。事件が解決し、翔悟の身の危険はなくなった。警察で保護する理由がなくなれば、保護者のいなくなった幼い彼は児童養護施設へと移された。彼女はそこの職員だ。今日は夜崎の見舞いと病院での用事の為、翔悟に付き添って来てくれていた。

「ばいばい、ゆうごくん……」

翔悟が俯きがちに手を振る。夜崎の大きな手がぽんぽんと頭を撫でた。

「またな、翔悟」

「……うん、またね」

再会をにおわせる別れの言葉を返された翔悟は、少しだけ笑みをみせた。

「表まで送ってくる」

夜崎にはまだ話があった。暗に戻ることを告げ、翔悟たちを病院の玄関口まで送った。

「これ、検査結果です。コピーですがお渡ししておきます」

「はい、確かに」

暁はジャケットの懐から取り出した封筒を彼女に渡した。中の書類に目が通され、丁寧に封筒に戻して鞄に仕舞われた。

「こちらも準備を進めてまたご連絡します」

「よろしくお願いします」

暁は深々と頭を下げた。

「翔悟、夜になったらちゃんと眠るんだぞ。明日また行くから。寝ればすぐに会える」

「……うん」

バス停へ手を引かれて行きながら、翔悟は何度も振り返った。その度に暁は手を振り、見えなくなるまで見送った。

寂しくなった右手を誤魔化すようにポケットに入れて夜崎の病室に戻る。今度はノックしてから少し間を置き、扉を開けた。

「んなに警戒することたねぇだろ」

ベッドの上で夜崎が苦笑する。

「貴様ならまたやりかねんと思っただけだ」

「飲むか？」

「いや、いい」

ベッドサイドの丸椅子に座ると、パックジュースのストローを差し向けられた。翔悟が飲み残していったリンゴジュースだ。断ったら夜崎が一息に飲み干した。

「今日、検査結果が出た」

部屋の隅に置かれたゴミ箱に放られた紙パックが、底に当たって軽い音をたてる。そんな音にも紛れてしまいそうな小ささでぽつん、と呟いた。

頭部の処置を受けた日、暁はそのまま翔悟とのＤＮＡ鑑定を依頼した。今日、翔悟を伴って病院に来たのはその結果を聞く為だ。

「……異母弟の可能性が極めて高いそうだ」

父親を辞職に追い込み、暁のキャリアを潰した「未成年との淫行疑惑」は真実だったのだ。

検査結果を告げられた時、暁はそれを「良かった」と思った。翔悟と他人ではない。あの子は独りじゃない。

（俺が家族だと胸を張って名乗ってやれる）

初めて対面した時の困惑は、父性と呼んでもいい翔悟への愛情に形を変え、今も暁の中にある。お前が可愛くて愛おしいのだ、と翔悟に全力で伝えてやりたい。

ふいに結奈のことを思った。翔悟にしがみつかれ、銃口を向けられていた時の結奈を。悲鳴をあげ、彼女は翔悟を突き飛ばした。

「比留田結奈は、翔悟を助けたくて突き飛ばしたのだろうか。それとも――……」

自分が助かりたくて翔悟を突き飛ばしたのだろうか。

「さあな。まあ、どっちでも関係ねぇだろ」

夜崎の答えはそっけない。

暁は窓の外に飛ばしていた視線を夜崎に向けた。

「結奈が翔悟を突き飛ばして、翔悟は助かった。それが事実だ。なんでそうしたかなんて知るのは本人だけだ。死人に口なし。答えちゃくれねぇ。どっちを真実にしようが異議も唱《とな》えねぇ。なら好きな方で思っときゃいいだろ」

「……そうか。……そうだな」

夜崎の言うとおりだ。どっちであろうと事実は変わらない。どう解釈しようと真偽《しんぎ》は確かめようがない。ならば、翔悟に優しい真実を選ぼう。結奈にもなけなしの母性があったのだと。いつかそう伝えてやりたい。

ひとつ胸のつかえが下り、暁は今後についてを夜崎に伝えた。

「順調に手続きが進んで、親族と認定されれば翔悟を引き取れると思う。認められなければ……父を引っ張り出さねばならない」

「オヤジさんか……、そこまで行かねぇといいな」

「ああ、俺もそう願っている」

暁としても避けたい事態だ。父は翔悟を認知していない。存在自体、知らないのではなかろうか。翔悟を認知してほしいと言っても、自分のキャリアを潰した女性の子供だ、揉めるのは目に見えている。翔悟に醜《みにく》い言い争いを見せたくない。このまま申請が受理されることを祈るばかりだ。その為に服装まで揃えて、似ている外見をアピールしたのだ。

「うちにある翔悟の荷物はそのままにしておこうと思ってる」

洗面台の踏み台やプラスチックの食器類、布団、風呂場のオモチャに子供用のシャンプーやボディーソープ、歯磨き粉。一人が当たり前だった家はいつの間にか翔悟がいた痕跡であふれていた。そして、この男の痕跡も――。

「それで、お前の荷物なんだが」

開いた口を閉じ、唇を湿らせてもう一度開く。

「……どうする?」

同居は翔悟の面倒を二人で見る為に取った措置《そち》だ。もう必要ない。翔悟を引き取るのは暁の個人的事情で、夜崎には関係のないことだ。それなのに一人ダイニングで温めたカラアゲ弁当を食べながら、出汁《だし》の利いた和食が恋しくなった。あいつもいればいいのに、とくだらないおしゃべりに花を咲かせた場面を思い出して笑った。

そんな自分に気づいて、どうしようもなく混乱した。混乱は今も続いている。

最初からそうだ。夜崎は人の感情を振り回す。

ふてぶてしさが気に食わなかったし、いい加減な態度に腹が立った。それなのにいつの間にか絆《ほだ》されて、さりげない優しさに救われて、隣にいるのが心地良くなっている。あんなことがあった気まずさより、巧妙に避けられるようになったことに気を取られている。形定まらない感情は暁を苛つかせ不安にさせた。そうして夜崎に会うのが怖くなった。形にならず自分の中で渦巻いている感情がなんなのか、夜崎に会えば覚悟を決める間もなく暴かれてしまう気がしたからだ。

翔悟がいる時は良かった。自然と行動も視線も話題も翔悟が中心になる。でもいなくなったら、向き合うしかなくなってしまった。

なんで病室に戻ってしまったのだろうか。あのまま帰れば良かった。

じわりと手の平に汗が滲み、後悔が浮かぶ。

「連絡はよこすくせに見舞いには来ないから、もう口利かねぇつもりなのかと思ってた」

大した時間ではなかったが、少し考え込んで夜崎が発したのは暁の質問とは全く無関係な、不義理を責める言葉だった。

「………来るに決まってる。貴様は命の恩人だ」

塞がったはずの後頭部の傷がツキリ、と痛んだ。

目を合わせていられず落としていた視線の先で、夜崎のごつごつと節くれだった手が持ち上がり、暁に伸ばされた。心臓が跳ねる。頬を素通りした手が頭部に触れるか触れないかの場所に留まる。

「怪我、平気なのか？」

「少し縫ったがもう塞がった」

覗き込むように首を傾げた夜崎と目が合う。見下ろされてばかりの身長差が、座っているとほとんど同じ目線になる。それが落ち着かない。

真っ直ぐに見つめてくる夜崎の目は暁の内心を探っているようにも、慰撫しているようにも思えた。

身じろげば手に触れてしまう。意識すると首に妙な力がこもった。唾を飲み込むのも躊躇われて喉がカラカラに渇いていく。

「そうか。俺も週末には退院だが……しばらくは内勤だな」

浮かせていた背中をクッション代わりの枕に戻し、夜崎は結局触れることなく手を引っ込めた。

「あきちゃんとのコンビも解消かな」

「愛想が尽きたということか」

軽い笑いを交えて言われたセリフに、猛烈な怒りが込み上げてきた。

「……なんだいきなり」

暁の物言いに、夜崎が顔をしかめる。それがまた頭に来た。

「迷惑ばかりかけたから愛想が尽きたんだろう」

「迷惑なんかかけられてねぇよ」

「なら、俺自身に愛想を尽かしたんだな」

「いや、愛想も尽かしてねぇって。いきなりどうしたんだ?」

「それはお前じゃないか!」

カッとなって立ち上がる。蹴飛ばされた椅子が音を立てて倒れた。

「愛想が尽きたし興味も失せたから俺にまったく触らないんだろう!」

「…………なんだって?」

問われて、はっと我に返った。

(俺は、何を口走った?)

今の言い方ではまるで、まるで……――。

頬に血が上っていく。耳が熱い。きっと顔が赤い。いやだ、見られたくない。

「違う、今のは忘れろ」

「触られてぇのか？」

「……っ」

顔を隠した腕を取られて、無理矢理外される。

「触ってもいいのか？」

後ずさろうとした身体を乱暴な強さで引き戻され、ベッドに押し倒された。怪我人とは思えない力だった。

「俺に触られてもいいのか？」

片腕をシーツに縫い止め、反対の腕も顔の真横につく。

「いいのか？」

繰り返して、伸し掛かる夜崎が顔を寄せてくる。

よくない。いいものか。あれは勢いだ。触られたいだなんて思っていない。大体、もう触ってるじゃないか。なんだこの体勢は。押し倒しているじゃないか。こんなのいいわけがない。ない、ない、けれど。

「よくはない………、が。いや、でもない」

あまりにも熱心な眼差しで答えを乞われて、本音が零れ落ちる。

夜崎が口端を歪めた。見たことのない自虐的《じぎゃくてき》な笑い方だ。

「あんなことしたのにか？」

そこに夜崎の後悔を見た気がした。

もしかして触りたくなかったのではなく、触れなかったのか。

「言っただろう、……嫌ではなかった」

きっぱりと言い切る。加減されず掴まれている手首が痛い。檻のように顔の真横につかれている腕も邪魔だ。足の上に乗り上げている体も重い。けれど高い体温とさらりと乾いた肌の感触に嫌悪感はない。むしろ心地よく感じる。

「お前に触られるのは、嫌じゃない」

「あきちゃんが好きで下心ありで最後までヤッたって言ってもか」

あの時も今も嫌ではないと繰り返した暁に、夜崎は追い打ちをかけるようにあけすけな告白をした。暁は息を飲み、喉を喘がせた。

言われた言葉を噛み砕く。つまり夜崎は、暁の弱みに付け込んだと思っているのか。伸し掛かったまま苦い顔をしている男は、暁に拒絶されるのを待っているみたいだった。

「どうして、俺なんだ」

俺なんか、と卑下《ひげ》するつもりはない。だが夜崎には好意的と言い難い態度を取ってきたし、失態ばかり見せて、あまつさえ銃創《じゅうそう》まで負わせた。

一瞬、夜崎の視線が遠くに飛び、目尻に皺を刻む。

夜崎のこの表情は苦手だ。翔悟に見せる慈愛の籠もった眼差しとよく似たそれを向けられると、冷静さを奪われる。

「初めて会った日、あきちゃん俺のことすっげぇ形相《ぎょうそう》で追いかけてきたろ」

「容疑者だと思ったからな」

鼻で笑われて、絶対あの男に手錠をかけてやると追いかけた。

「なのに、テントの下敷になりかけたカップルを助けた」

む、と暁は口端を下げた。その通りだ。その結果プールに落ちてずぶ濡れになり、夜崎も見失った。

（人の失態をからかうつもりなのか）

「そうじゃねぇって」

表情から暁の考えを読み取った夜崎が太い眉を下げて苦笑する。

「手柄《てがら》、目の前にして迷わず一般市民を助ける方を選ぶんだなって思ったんだ。俺だったら、たぶんそのまんま容疑者を追ってた」

「それはつまり俺が……――」

「だから誤解すんなって。どっちもありだろ。犯人追うのも、人助けんのも、どっちがいいだの悪いだの優劣《ゆうれつ》つけるもんじゃねぇ。けど、朝川暁は弱い誰かを『守る』警察官なんだって目の当たりにしたら、――たまんなく惚れた」

夜崎が肘をつく。ぐっと縮まった距離で、低く腰に響く声が告げる。至近距離に迫った夜崎の双眸《そうぼう》は瞳孔を広げて色を濃くしていた。

「しかも好みの顔に好みの性格ときたら、指咥えて見てるわけねぇだろ」

頬に手が触れる。熱い手が滑って、親指が唇の端から端へと形を辿る。やはり嫌ではない。そう思っていたらすっと頭が下りてきて、あっという間に唇を奪われた。押しのける前に触れただけで去っていく。それでもキスはキスだ。

「……いきなり、なにをっ」

「嫌か？」

問われて暁は黙った。嫌ではなかった。

それが悔しい。

眦《まなじり》を吊り上げて睨んだのに、夜崎は望んだ返事を得たかのように喜色を滲ませた。

「嫌ならぶん殴っていいぜ。ああ、でも傷は避けてくれ。入院延びるのは勘弁《かんべん》だ」

「冗談もたいがんっ、ンン…！」

押しのけようとした手も掴み、食らう勢いで唇を覆うと、舌を突っ込んできた。ぶ厚い舌が好き勝手に口内を掻き回す。噛みつこうとしたら素早く引っ込み、歯茎《はぐき》を舐めて息を乱される。

たまらず緩んだ歯列からまたもぐり込んできた舌が、暁の舌を絡め取って強く吸う。ぞくぞくと肌が粟立つ快感に襲われて、腰が浮いた。舌裏の柔らかい粘膜をつつかれ、口蓋《こうがい》をぞろりと舐められる。強引なのに丁寧で巧みなキスだった。思わず応えそうになる己を押し留め、顔を背けてどうにか追ってくる唇から逃げた。

「誰か、来たら……っ」

胸を喘がせて、制止の言葉を紡ぐ。

我ながら卑怯な説得だ。

きっと夜崎は、「やめろ、貴様とキスなんかしたくない」と言えばやめてくれる。それを言わずに、別の理由でやめさせようとしている。

ところが夜崎は怯むどころか、くつりと喉を震わせた。

「こねぇよ。人払《ひとばら》い頼んどいた」

「誰に……」

夜崎の眉がいたずらっぽく上下する。

「まさか、さっきの……」

左目を道連れにしたへたくそなウィンクで、暁の推測を肯定した。

「声フェチなんだと。見返りに色即是空《しきそくぜくう》だのアマトリチャーナだの耳元でおっかしな単語さんざん言わされた」

だからあんな密着した体勢だったのか。

「姑息な真似を……っ」

「勝負師って言えよ。チャンスを逃さねぇだけだ」

去り際、ちらとこちらを見た看護師を思い出す。あれはつまり、夜崎のそういうことの相手として見られたのか！

病院関係者になんて頼み事をするのだ。羞恥で爆発しそうだ。わなわなと震える暁が睨みつけても、夜崎に悪びれる様子はない。それが心底腹立たしいのに、彼女とは何もなかったのかと安堵している自分も否定できない。

これから何をしようとしているのかを見せつけるように、夜崎が舌なめずりした。

「っつぅわけだから、誰も止めには来ねぇ」

「ンぅっ」

荒々しいキスに、たまらず緩んだ唇の隙間から舌がもぐり込んでくる。錆《さ》びた鉄の味がしたのは唇が切れたせいだろう。ピリッとした痛みが歯を立てられた口端に走った。そこにも遠慮なく吸いつかれまた痛みが走る。舌で防ごうとしたら、待っていたとばかりに絡め取られて啜られた。

なんて乱暴なキスだ、と思いながらも、やはり嫌ではなかった。肉厚の舌が唾液と一緒に口内をいっぱいにする。ぐちゃぐちゃと捏ねる水音が頭の内側から鼓膜へと響く。ごくり、ともはやどちらのものともいえない唾液を飲み込むと、まるで媚薬《びやく》を飲まされたみたいに熱が腹へと落ちていった。

鼻の呼吸だけでは酸素が追いつかずに思考力が落ちていく。薄いカーテン越しに差し込む陽は昼日中《ひるひなか》からとんでもない場所で襲われている事実を突きつけているのに、目に眩しいと感じるだけだった。

思いきり息を吸えたのは、舌を散々嬲《なぶ》り尽くされてからだった。ぽってりと腫れて自分の舌ではないみたいだ。

「ひ、ッ……」

突然の刺激に喉から引きつった悲鳴をあげた。

「ぁ、やめ、っ」

それは一度では終わらず、二度、三度と繰り返された。しかも回数が重なる毎に鋭さが増していく。ひ、ひ、と喉を喘がせる。

いつの間にか首元のネクタイは結び目を解かれ、シャツのボタンが全開になっていた。夜崎は節くれだった指をベルトのバックルにかけながら、もう片方の手で乳首を潰すように捏ね回していた。搾《しぼ》り出すように乳輪ごと遠慮のない強さで潰され、たまらず腰が浮いた。痛みの後に、じん、とした奇妙な疼きが広がっていく。

「いい感度だ」

嬉しそうに揶揄《やゆ》した夜崎がスラックスを下着ごと足から引き抜いた。

暁の腕はとっくに自由になっている。体格差はあっても夜崎は怪我人だ。本人の言う通り、傷口をちょっとつつくだけで、押しのけるのは簡単なことだ。けれど暁は両手を赤く染まった顔を隠す為に使った。

「痛いっ、やめろ！」

「痛いくらいがいいんだろ」

「ッ、な…にを勝手な」

「じゃなきゃ、こんなになるかって」

「ぁアッ」

外気に晒された暁の下肢は、刺激される前からすでに昂ぶっていた。ぐっと股間を握られ、知った愉悦に顎が跳ねあがる。すぐに陰茎をくるんで上下に扱かれる。摩擦音には、暁が漏らした先走りで湿った音が混じっていた。腕の下に隠した顔がさらに赤く熱くなるのを感じる。

同じ男同士だ、どこを刺激すれば気持ちいいのか夜崎は熟知している。それに加えて経験も豊富だ。皮の厚い大きな手が、根元から先端へと絶妙な力加減で擦りたてる。さらに指先が表面に浮かんだ血管を揉み、くびれを爪で引っかくように撫でまわしては、鈴口からあふれた雫を親指の腹で亀頭にくるくると塗り広げる。拭いきれなかった分が幹を伝い、夜崎の手の動きをより滑らかにした。

そうやって直接的な快感を送り込みながら、乳首も弄り回される。指が離れてもじんじんと腫れるほど右を捏ね回したと思ったら、左も同じ執拗さで敏感な尖りにされる。

「エロいピンク色だ、あきちゃんも見ろよ」

「誰が見るかっ……」

左右を交互に嬲った夜崎は今、右の乳首を指で摘まんで転がしていた。同時に嵩を増して剥き出しになっている先端をカリカリと短い爪で引っかかれる。どちらを見ろと言っているのか知らないが、どちらもいやらしい色になっているのなんて見なくても分かった。

「見ねぇんだったら、舐めるぞ」

「……っ」

絶対に嫌だと言い張ったら、とんでもない脅しをかけられた。

「いいのか？」

乳首も性器も、舐められるのは嫌だ。どちらであれ、あの舌でしゃぶられたら、あられもなく乱れてしまう。そうなる自分が分かるから、絶対に嫌だ。

唇を噛み、眉を歪め、ゆっくりと腕を外すと、夜崎と目があった。獣じみた笑みを浮かべた男が舌を伸ばす。

「約束とちがあっ、ふ、ぁ…！」

いつもよりずっと色を濃くした乳首にぢゅっと音をたてて吸いつかれた。

「時間切れだ」

「しゃ、べるなあ…っ」

　ぷっくりと膨らんだ乳頭だけでなく周りの色づいた肉ごと含まれる。目が逸らせなかった。咥えたまま喋られて、歯と舌が不規則に当たる。逃れようと身をよじったら、陰茎を強く握り込まれて封じられる。

　唇の中で、根本を甘噛みされた乳首が小刻みに揺れる舌に弾かれる。

　汗に濡れた肌に無精に伸びた髭が擦れる、それだけでもぞわぞわと肌が粟立って快感として拾った。

「すげぇびしょ濡れだな」

　ほら、とばかりに、わざと音を立てて先走りの止まらなくなった陰茎を扱かれる。ぐちゅぐちゅとはしたない水音が雫と共にベッドに散らばった。

「だ、れのせいだと…っ」

　噛み締めた唇の隙間から、裏返りそうになる声で詰《なじ》る。涙目で睨む暁に、夜崎は目を輝かせて「俺だ」と優越感を浮かべた。顔をあげ、自分のよだれでぬらぬらと照り光らせた乳首を摘まんで、満足げに見下ろす。

「俺のせいだ」

　クスリでも他の誰でもなく、俺がお前を乱してる、と目で雄弁《ゆうべん》に伝えてくる。

　夜崎に抱かれているのだ、と強烈に意識した。瞬間、ぐりっと鈴口の小さな孔に爪を捻じ込まれた。捏ねられていた乳首にも、同じように爪を立てられる。

「……ァ、ッ、ァぁ――ッ」

上下からの痛みすれすれの刺激に、暁は尻を跳ね上げて射精した。びくびくと震える腰に合わせて吐き出された白濁が、夜崎の手の平に受け止められていく。「あぁ…っ」と感嘆にもため息にも似た喘ぎを漏らし、強張った四肢が弛緩してマットに沈み込んだ。

たかが一回の射精なのに、身体が泥のように重かった。中途半端に引っかかっていた服を脱がされていっても抵抗出来なかった。

カタ、と耳元で物音がした。なんだろうかと惚《ほう》けたまま視線を音のした方に向ける。抽《ひき》斗《だし》から夜崎がワセリンボトルを取り出していた。

「なんだって、そんなもの」

「なんでって、医薬品じゃねぇか」

あきちゃん何想像したんだ、と逆に問い返されてしまう。別の使い道しか想像しなかった暁は顔を背けた。

(この場面だぞ、それが自然だろう！)

「まぁ、エロい使い方すんだけどな」

「……ッ、…」

言いざま、膝裏を掬われ、後孔に指が差し込まれた。ワセリンをたっぷりと纏った指は引っかかることなくずぶずぶと埋まっていく。

思わず息を詰めたが、感じるのは異物感だけで痛みはなかった。それに少し安堵する。根元まで入れられ、くちくちと小刻みに揺さぶってナカの具合を確かめるように粘膜を擦られる。何度か出入りした指が一度抜け、二本に増えて戻ってきた。

「あ……っ」

ぐっと内腿に力が入り、たまらず声を上げた。慌てて口元を手で覆い隠す。

「ッ…、っ……」

すんでのところで喘ぎを堪えた。けれど声を飲み込んだ分、びくびくと身体が過剰に反応した。こり、とナカの一点を指の腹で押し転がされ、萎えていた陰茎が反応する。

「前立腺だ、覚えてるか？　慣れたらつつかれるだけでトコロテンする場所だ」

「ふ、ぅ……ッ、…ぅッ」

とんでもないセリフに反応する余裕はなかった。そこばかりを狙って指を動かされ、同じリズムで前を扱かれる愉悦に呼吸を乱される。もう一本、指を増やして抜き差しされ、すっかり陰茎が自立するようになると、夜崎の肩に片足を担ぎ上げられた。

「ぁ……」

ナカを撫で擦っていた指が一気に抜かれる。知らず物欲しげな声を漏らしていた。それに恥ずかしさを覚える前に、ゆるゆると閉じていく後孔に熱が宛がわれる。夜崎の猛った欲望だ。

　顔の真横に両手をついて覆い被さってくる。担がれた足が自然と折り畳まれ、苦しさに眉を歪めた。

「声、我慢すんのはいいけど、息は我慢すんなよ」

「………ぅ、ぁ…ン、ッぅ」

「息、……しろっ」

　ぐっと孔を広げて押し入ってきた太さに、どっと汗が噴き出た。指で丁寧に慣らされていても、夜崎の長大な屹立を受け入れるのは苦しかった。足をやみくもにばたつかせそうになり、それだけはどうにか思い留まって肩にしがみつく。夜崎は病衣を着たままなのだと、握りしめた湿った布の感触で気づいた。

　べろりと唇を舐められる。「息をしろ」と言われて口を開いた。ひぅ、と胸を喘がせてどうにか少しだけ酸素を吸い込む。くは、と吐き出すと褒めるようにゆるりと上顎を舐められた。「息」とまた言われて、さっきよりも上手く肺を膨らませて、ふ、ふ、と短く吐き出す。その度に唇を食まれ、口内を柔らかく舐められる。

　全身の強張りが徐々に解けていくのに合わせ、夜崎の怒張を埋め込まれていく。

　時間をかけて根元まで入り切った時、夜崎の額にもびっしりと玉の汗が浮かんでいた。

　腹のありえない深さに他人の――夜崎の脈動を感じる。呼吸もままならない充溢感は苦しくて、下半身の感覚があいまいだ。あの夜、これに貫かれて感じた快感とは程遠い。けれど重なる体温や肌の感触、どくどくと響く鼓動、みっしりと埋められている生々しさに、言いようもなく満たされて肌が震えた。

「やざき……」

暁から手を伸ばし、夜崎の汗まみれのうなじを引き寄せる。唇を合わせ、互いの舌を絡めた。

腰を掴んでいた手が労わるように腹をゆるりと撫でてくる。腹筋の奥に埋まった自分の熱を探るように固い手の平が這うだけで肌がざわめく。

徐々に下がった手は尻たぶを揉み、濡れた下生えにもぐり込んで掻き混ぜていく。根元の陰嚢をやわやわと転がされ、ん…、と鼻にかかった声を漏らしたら挿入の痛みで萎えていた陰茎を扱かれた。緩い速度の摩擦に合わせて腰を揺らされる。硬い下生えを擦りつけるような動きは、ナカが夜崎の形に馴染んでいくと共に律動《りつどう》へと変わっていった。

半ばまで抜けた切っ先に指で教え込まれたしこりを抉られ、喉を晒した。

「あ、ああ、あっ」

合わせていた唇が外れて、高い嬌声が喉からまっすぐに飛びだす。指で押し込まれた時よりもずっと重たい愉悦に襲われる。苦しさはあるのに、それ以上に猛った剛直で粘膜を抉られるのが気持ちいい。拒むようにきつかった肉襞がもっととねだって絡みつく。

ベッドがギシギシと軋み、粘った卑猥な水音が鼓膜まで濡らす。

ぐっとしこりを潰した亀頭に、そのままの勢いで奥の肉壁を穿たれ、自分のものとは思えない愉悦まみれの悲鳴をあげた。

「ああああああ、あっ、アッ、あ」

すっかりと芯を取り戻していた欲望の先端から濁った先走りが腹に飛ぶ。律動でぶれる視界がチカチカと明滅する。腹が震えて、内腿に力が籠もる。堪えようもない熱が込み上げてくる。

怒張を咥えた肉の縁がさらに広げられるのを感じ、夜崎の限界も近いことを知った。

「あっ、ゃざき、こえ……っ」

「声が、どうした?」

分かっているくせに意地悪く聞かれる。

「こえ、いやだ、っ」

「だから?」

奥をがつがつと穿ちながら限界に震える前を扱く手が速度を速める。迫り上がってくる射精感に後ろが勝手に夜崎の欲望を食い締める。それにまた感じて「ひあっ」と声をあげた。

いくら人払いをしていたって、こんなに大きな喘ぎ声を響かせたら気づかれてしまう。

「だ、から……ぁっ」

意地悪ばかり言っていないで、キスしてほしい。めちゃくちゃに食い尽くすような激しいくちづけで。

「くちを、ふさげっ…」

「ほんっと、たまんねぇな」

いっそ憎々しげに夜崎が眼を眇《すが》めた。

「あぅッ、んんんっ」

腹を突き破られそうな突き上げで奥を穿たれ、顎を掴まれて貪るくちづけで唇を塞がれた。

上も、下も、夜崎でいっぱいにされて好き勝手に掻き回される。たまらない気持ち良さに喘ぎ、それも食われて飲み込まれる。

深い場所を立て続けに抉られ、とうとう堪え切れずに達した。舌まで硬直する口内に、低い呻きが響く。涙でぼやける視界に、眉間に深い皺を刻んだ顔が見えた。

大きく脈打った欲望の飛沫が最奥の肉壁を叩く。その熱さにぶるりと胴を震わせ、暁も引きずられるように残滓を零した。

「暁……」

解放された唇に愛情と欲の混じった囁きが落ちる。荒い息のせいで呼び返せない代わりに、やざき、と、はくりと唇を開閉させせた。

音にならなかった言葉を食らおうと唇が下りてくる。擦りつけた舌に、好きだ、とはっきりと形となった想いを吹き込んだ。やはり音にはならない告白だったが、夜崎がうっすらと笑んだのを唇で感じた。

＊

「おーい、まだか？」

玄関先からかかった声に反応して翔悟がぱたぱたと走り出す。

「へいきよ、いまいく！」

「待て翔悟！　平気じゃないだろう、ズボンのチャックを閉めなさい！」

後ろからジャンパーを持って追いかけた。すでに靴を履いて座り込んでいた夜崎の腕の中で「あっ」と翔悟が自分のズボンを見下ろした。一緒になって股間を見た夜崎がにやっと片頬をあげる。

「お、なんだなんだ、露出趣味か？　マニアックだな」

「夜崎！」

「冗談だって、冗談」

冷ややかな一瞥をくれてやり、「んしょ」とファスナーを上げた翔悟にジャンパーを着せた。夕方から冷え込むと予報が出ていたので、首にはぐるぐるとマフラーも巻く。青地に黒のラインが入ったマフラーは翔悟が自分で選んだものだ。

ベリベリとマジックテープを剥がして、翔悟は昨日買ったばかりのスニーカーを右、左と順に履いていく。この二ヶ月で翔悟の身長は一センチ伸びた。靴は「ゆびが、ちょっとだけくるしい」と言ったので買いに行った新品だ。

「んじゃ、行くか」

おぼつかない手つきで履くのを黙って見守っていた夜崎が手を差し伸べる。夜崎がやや肩を傾けて、翔悟は肩の上まで腕をあげないと二人は手を繋げない。ダウンジャケットから伸びた大きな手の中指を掴むようにして、翔悟が夜崎の手を取る。

夜崎の太い首にもマフラーが巻かれている。黒いカシミヤマフラーは暁が先月の誕生日に贈った物だ。

トートバッグを肩にかけて暁も二人に続き玄関をくぐった。施錠を確認してから「はやくはやく」と空いている手をにぎにぎとさせて手招く翔悟と手を繋ぐ。グレーのチェスターコートを着た暁の首元は、鮮やかな青のマフラーが寒さを防いでくれていた。紺と迷っている時に「そっちの方が好きだ」と夜崎に言われて購入したマフラーだ。

「ライオンの赤ちゃんはライオンだからおっきいのかな？」

駅へと向かう道すがら、翔悟が声を弾ませる。動物園に行くと決まってから一週間、ずっと楽しみにしていた日だ。暁のトートバッグに入っているお絵描き帳には、ここ何日か、動物の絵ばかりが描かれていた。

「いや、翔悟が抱っこできるくらい小さいよ」

「ライオンなのに？」

「ライオンでも赤ちゃんだからな」

「そっかー」

夜崎の微妙にずれた論理に、なぜか翔悟は納得したようだった。

「ライオンの赤ちゃんもガオーっていうかな？」

「どうだろうな」

「ミャーオかもしんねぇぞ」

「それはネコちゃんだよぉ」

「わかんねぇぞ、なにせ赤ちゃんだからな」

「そっかぁ……」

残念そうにしながらも、翔悟はやはりあっさりと納得する。どうにも「赤ちゃんだから」は翔悟の中で特別らしい。

「うまく吠えられないようなら、翔悟がガオーって上手な吠え方を教えてやらないとな」

ぱっと笑顔を咲かせた翔悟の頬に、寒さのせいだけではない赤みが差した。

「ぼく、じょうずだからおしえる！　ガオー、ガオォー！」

「おー、上手い上手い。襲われちまいそうだ」

暁の提案はよほど気に入ったらしく、翔悟はガオーッ、と吠える真似をしながら、暁と夜崎をけん引するようにずんずんと前のめりに歩く。

夜崎が翔悟の頭上で身体を傾けてきた。なんだ？　と暁も上体を傾ける。翔悟の上で暁の耳と夜崎の唇がくっつく。

「翔悟、張り切ってんな」

「そうだな」

「今夜は風呂入ったらぐっすり寝そうだ」

「…………だろうな」

「ライオンの交尾はメスから誘うらしいぜ、ガオーって」

「…………」

じとりと横目で睨んでも、夜崎には効いた試しがない。

この男のことだ、そういう魂胆《こんたん》も含んでいるだろうと「動物園行くか」と言い出した時から薄々気づいてはいた。

ふん、と鼻で笑い、暁は強気に囁き返した。

「吠え面かかせてやる、楽しみにしておけ」

「……やっぱあきちゃん、たまんねぇな」

ニヤついていた男が真顔になり、次いでじわじわと相好《そうごう》を崩した。

「あきらくんとゆうごくんも、ガオーしよう?」

自分の上でこそこそと会話を交わしていた暁たちを見上げ、翔悟がぐいぐいと手を引っ張る。

「せーのでガオー、ね。せぇの……――」

幼い声と照れを残した声と妙に迫力のある声、三人の声が雲ひとつなく晴れ渡った空に響いた。

了

■あとがき■

こんにちは、またははじめまして、越水《こしみず》いちです。

この度は「刑事たちのファミリー・シミュレーション」を手に取っていただき、ありがとうございます！　嬉しいことに二冊目の本を形にすることができました。ひとえに応援してくださったみなさまのおかげです。

刑事もの、ということで事件にもハラハラドキドキしてもらえたら嬉しいです。そして暁《あきら》と夜崎《やざき》と翔悟《しょうご》の、徐々に変わっていく関係を見守ってもらえたらと思います。

あれもこれもと書きたいことを盛り込んでいったら、全然出会わないし一緒に暮らさないし仲良くならないし事件は解決しないしえっちもしないし！　で一時はどうなることかと……。

今回の二人は水と油、黒と白、表と裏、対極な二人にしたくて名前も朝と夜、そしてそんな二人の仲を結びつけていく小さなキーマンには昼の名前をつけました。手を取り合った三人に二十四時間、三六五日、幸あれ！　と願っています。

ところでまったく話は変わりますが、先日、ス○カを落としました。しかも運悪くＩＣ

カードでコインロッカーに荷物を預けていた為に取り出すことが出来なくなってしまい、管理会社の方が来るまでひたすら一時間待つ羽目になりました。便利と不便は紙一重《かみひとえ》……。今度からパスケースには紐《ひも》をつけようと思います。実はこの一年で四回落としてるんです。

最後になりましたが、ワイルドで雄の色気あふれる夜崎とクールビューティーな暁、それにひたすら愛くるしい翔悟を描いてくださった松尾《まつお》マアタ先生、本当にありがとうございます！　松尾先生の絵で、この三人を見ることが出来て幸せです。

タイトルの相談に根気よく付き合ってくださった担当様には他にも迷惑のかけ通しでした、ありがとうございます。アドバイスや励ましをくれた友人各位もありがとう。

そしてあとがきまで読んでくださったみなさま、ありがとうございます。別の本でもまたお会いできますように。

越水いち

初出
「刑事たちのファミリー・シミュレーション」書下ろし

CHOCOLAT
BUNKO

この本を読んでのご意見、ご感想をお寄せ下さい。
作者への手紙もお待ちしております。

あて先
〒171-0014 東京都豊島区池袋2-41-6 第一シャンボールビル 7階
(株)心交社　ショコラ編集部

刑事たちのファミリー・シミュレーション

2018年7月20日　第1刷
© Ichi Koshimizu

著　者:越水いち
発行者:林 高弘
発行所:株式会社　心交社
〒171-0014 東京都豊島区池袋2-41-6
第一シャンボールビル 7階
(編集)03-3980-6337 (営業)03-3959-6169
http://www.chocolat_novels.com/
印刷所:図書印刷 株式会社

本作の内容はすべてフィクションです。
実際の人物、事件、団体などにはいっさい関係がありません。
本書を当社の許可なく複製・転載・上演・放送することを禁じます。
落丁・乱丁はお取り替えいたします。

CHOCOLAT BUNKO
好評発売中！

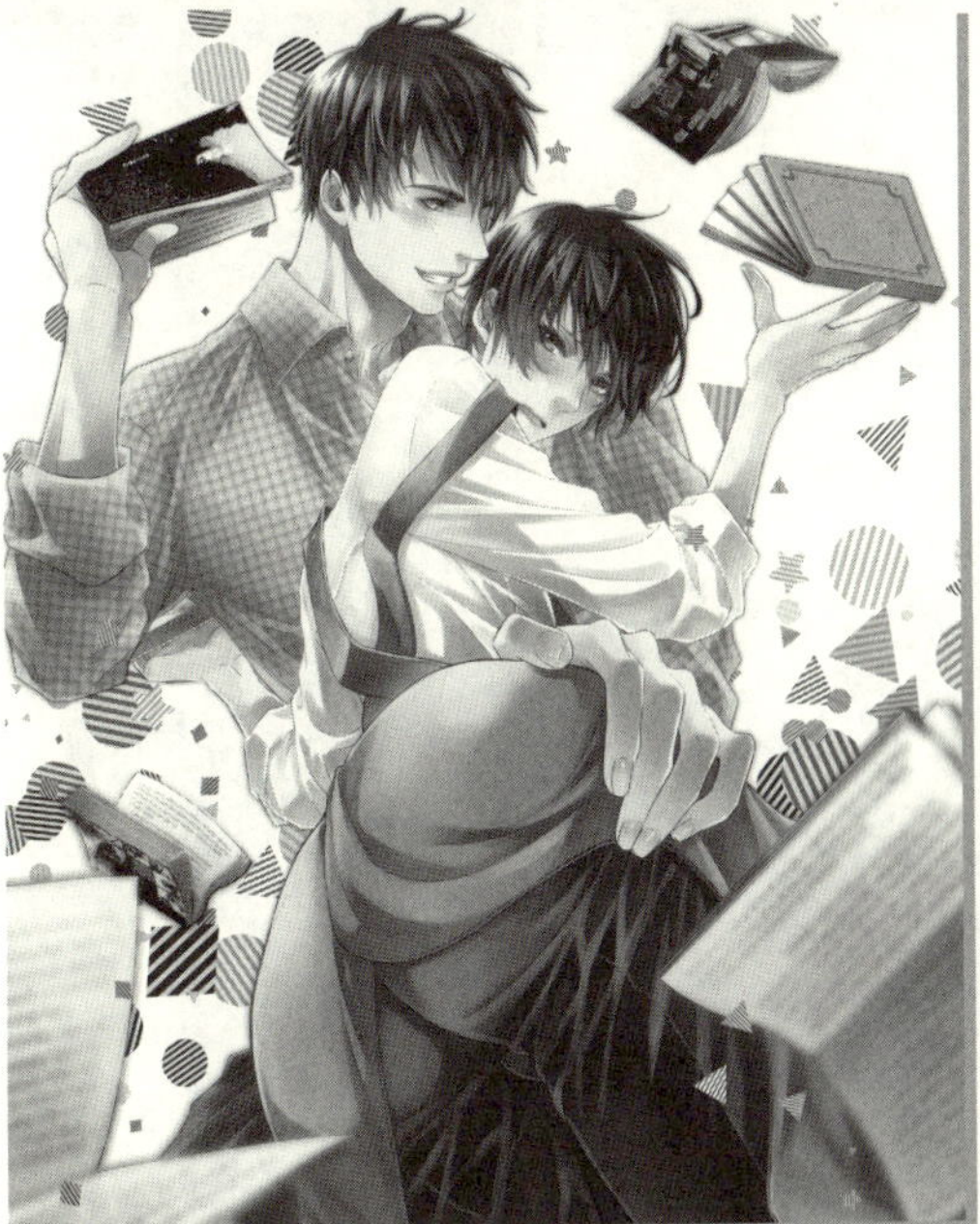

ロマンスの鐘が鳴る

越水いち
イラスト・石田要

好感度って、
どうやって上げればいいんだ!?

会社員の江見は、買ったエロ雑誌の付録が破り取られていたことに文句を言うべく書店に踏み込む。だが綺麗な顔立ちの男性店員・山口を見た直後、世界が薔薇色に染まった。はじめて男に欲情を覚えた江見は、蛇の道は蛇とゲイ専用 SNS で相談し恋を確信。彼を落とすため行動し始める。一方、山口はセクハラ野郎のクレームでのストレスを発散しようと SNS にログインするが、ゲイ初心者の恋愛相談に乗ることになり……。

CHOCOLAT BUNKO
好評発売中！

遠くにいる人

ひのもとうみ
イラスト・松尾マアタ

この手が決して届かないことを 俺はきっと知っていた──

家具工場に勤める佐倉治樹は、本社から移動してきた上司の小田島達朗に恋をした。彼の素行の悪さを知る治樹の幼馴染は、小田島だけは止めておけと何度も言うが、地味な治樹にとって華やかな小田島は憧れずにはいられない存在だった。そして小田島はなぜか事あるごとに治樹をかまい、特別な優しさを向けてくる。期待してはいけないと思いつつ、治樹はその幸せを受け入れはじめるのだが…。

CHOCOLAT BUNKO

好評発売中！

ディア・マイ・コンシェルジュ

俺に抱かれてみろ。俺が変えてやる。

サクラノホテルのコンシェルジュである倉原亨は、天才肌で飄々とした営業の和喜田義彦が嫌いだ。対人スキルの低い倉原の、精一杯の笑顔を作り笑いだと馬鹿にされてからずっと避けてきた。しかし、なりゆきからバーで一緒に飲んだ時に酔った倉原は素直な一面を晒してしまう。以来、なぜか和喜田は倉原を「可愛い」とからかうようになり、ついには「男に抱かれたことはあるか？」とおかしなことを聞いてきて——。

李丘那岐

イラスト・松尾マアタ

CHOCOLAT BUNKO

好評発売中!

愛しい犬に舐められたい

Si

イラスト・亜樹良のりかず

オス犬が好きなんだろう?

犬しか愛せないし欲情できない。そんな異常性癖を隠して地味に生きる片 貝は、会社帰りに迷い犬を捜す怪しい探偵・赤羽根に出会い、犬の保護を手伝う。数日後、どういうわけか片貝は赤羽根の事務所に出向を言い渡され、いわくありげな〈犬捜し〉を手伝うことになっていた。赤羽根はグレーの髪に琥珀色の瞳、モデル並みの容貌のくせに物好きにも片貝を口説いてくる。犬以外に好かれても迷惑だったが、赤羽根の瞳はなぜか、かつて恋した飼い犬を思い出させ——。

CHOCOLAT BUNKO
好評発売中！

午後9時からは恋の時間

夕映月子
イラスト・みずかねりょう

あのね、ぼくも、おとうさんも、
さくらくんのことがだいすきだよ

デザイン事務所でアシスタントとして働く佐倉の癒しは、姪の保育園のお迎えで会う知的な美貌から服装まで自分の好みそのものの柊を眺めること。ある日、彼が独立したばかりのインテリアデザイナーで頼れる家族がなく息子・陸のお迎えの為に思うように働けずにいると知る。色覚異常でデザイナーとして働けず燻る自身の状況に重ね、佐倉は陸をたまに預かることを申し出るが、しだいに柊への憧れが恋愛に変わっていき…。

CHOCOLAT BUNKO

好評発売中！

酒は愚を釣る色を釣る

尾上セイラ

イラスト・まりぱか

…俺にグズグズにされて泣いてる篠田さん、可愛い

元カレを思い出させる後輩の尚吾に懐かれ困っていたある夜、千秋は彼にゲイだとバレてしまう。忌避されることを望んだ千秋の誘いに、意外にも尚吾は乗った。後悔に陥る翌日、千秋は突然営業部に配属され尚吾と同じチームになってしまう。縁を切った実家とも仕事上で繋がりができて憂鬱な中、尚吾は以前にもまして声をかけてくる。なかば強引に飲みに付き合わされつつも、一緒にいるのが不思議と心地よくて…。

CHOCOLAT BUNKO

好評発売中！

プライベートバンカー

手嶋サカリ

イラスト・小椋ムク

悪い子にはお仕置きだな

外資系メガバンクで働く出永清吾は、二億の資産運用を検討する御曹司・祠堂晃の対応を任される。だが嫌な金持ちを体現したような祠堂は付け入る隙を与えず、成果ゼロに終わる。失意の中、思いがけず祠堂と再会した清吾は挽回を試みるが、彼にコンプレックスを刺激されうっかり「クソ金持ち」呼ばわりしてしまう。それを面白がった祠堂はなぜか清吾にキスし、さらに翌日には新規口座開設＆五千万の入金があり…。

小説ショコラ新人賞 原稿募集

賞金

大賞…30万
佳作…10万
奨励賞…3万
期待賞…1万
キラリ賞…5千円分図書カード

大賞受賞者は即文庫デビュー！
佳作入賞者にも即デビューのチャンスあり☆
奨励賞以上の入賞者には、担当編集がつき個別指導!!

第16回〆切
2019年5月20日(月) 消印有効
※締切を過ぎた作品は、次回に繰り越しいたします。

発表
2019年9月下旬 ショコラHP上にて

【募集作品】
オリジナルボーイズラブ作品。
同人誌掲載作品・HP発表作品でも可（規定の原稿形態にしてご送付ください）。

【応募資格】
商業誌デビューされていない方（年齢・性別は問いません）。

【応募規定】
・400字詰め原稿用紙100枚～150枚以内（手書き原稿不可）。
・書式は20字×20行のタテ書き（2～3段組み推奨）にし、用紙は片面印刷でA4またはB5をご使用ください。原稿用紙は左肩を綴じ、必ずノンブル（通し番号）をふってください。
・作品の内容が最後までわかるあらすじを800字以内で書き、本文の前で綴じてください。
・作中、挿入までしているラブシーンを必ず１度は入れてください。
・応募用紙は作品の最終ページの裏に貼付し（コピー可）、項目は必ず全て記入してください。
・1回の募集につき、1人1作品までとさせていただきます。
・希望者には簡単なコメントをお返しいたします。自分の住所・氏名を明記した封筒（長4～長3サイズ）に、82円切手を貼ったものを同封してください。
・郵送か宅配便にてご送付ください。原稿は返却いたしません。
・二重投稿（他誌に投稿し結果の出ていない作品）は固くお断りさせていただきます。結果の出ている作品につきましてはご応募可能です。
・条件を満たしていない応募原稿は選考対象外となりますのでご注意ください。
・個人情報は本人の許可なく、第三者に譲渡・提供はいたしません。
※その他、詳しい応募方法、応募用紙に関しましては弊社HPをご確認ください。

【宛先】 〒171-0014
東京都豊島区池袋2-41-6
第一シャンボールビル 7階
（株）心交社 「小説ショコラ新人賞」係

CHOCOLAT BUNKO